La mélancolie du dimanche

Christine Orban

La mélancolie du dimanche

ROMAN

Albin Michel

22, rue Huyghens, 75014 Paris
www.albin-michel.fr
ISBN 2-226-15082-X

De C. à O.

« Ma foi, sur l'avenir bien fou qui se fiera :
Tel qui rit vendredi, dimanche pleurera. »

RACINE, *Les Plaideurs*, I, 1

Dimanche

Nous étions dimanche.

Ma grand-mère disait que, la nuit, les sentiments sont amplifiés, qu'il ne fallait jamais entamer une discussion après la tombée du jour, elle dégénérerait.

Les dimanches non plus.

Les dimanches sont des nuits.

Il ne faut pas ouvrir la lettre, pas un dimanche.

Le dimanche est un jour fermé, férié : une plongée vers les abîmes.

Si les choses tournent mal, il n'y aura aucune branche à laquelle me raccrocher. Les stores sont baissés. Pas un chat dans la rue, sauf ma concierge qui sort son chien. Le pharmacien a rabattu ses rideaux d'acier, à cause des drogués.

Pas le droit d'être malade.

Le supermarché est barricadé lui aussi, on se croirait devant la Banque de France.

Le monde entier a peur d'être volé.

Si on crève de faim, il faut galérer pour trouver du

pain. Heureusement, en bas de chez moi, il y a l'épicier marocain. Je lui achète n'importe quoi et je peux discuter avec lui : il a peu de clients le dimanche.

Les gens restent chez eux. Moi aussi, je reste chez moi. Quand je me penche de mon balcon, c'est comme si une bombe à neutrons était tombée sur la ville.

Bloody Sunday, disent les Anglais.

I

« Les dimanches sont de longues nuits »,
disait ma grand-mère

Une lettre un dimanche ?

Il ne faut pas mésestimer le pouvoir des choses inanimées.

Alors que nous sommes un dimanche ennuyeux comme beaucoup et que j'entasse les uns sur les autres quelques vieux chapeaux, un objet télescope mes songes : une lettre tombe, d'une étagère, pas du ciel, mais c'est tout comme.

Cela ressemble à une blague, une lettre sortie d'un galurin. De quoi s'agit-il ? Je retourne l'enveloppe, surprise ; mais, un seul coup d'œil suffit à en identifier la provenance. Il y a des voix, des écritures que l'on n'oublie pas, même dix ans après. Peut-être même jamais quand il s'agit de la lettre d'un homme que l'on a aimé.

Aussi bizarre que cela puisse paraître, j'avais commencé à déchirer l'enveloppe et m'étais arrêtée en cours. Le coin gauche se balançait, comme un membre désarticulé que retenaient à peine quelques ligaments de papier. La lettre était en souffrance. La grande blessée, celle que je croyais perdue à jamais, surgissait des décombres ; une ombre sortait de mon placard, presque surnaturelle. J'examinai la lettre à plusieurs reprises : il s'agissait bien d'*elle*. C'était incroyable !

Un long moment, je demeurai abasourdie, incapable de prendre une décision : fallait-il l'ouvrir ? Après tout, cette lettre m'était adressée. Pourquoi ne l'avais-je pas lue en son temps et en son heure ? Cette brutale émergence du passé me déstabilisait. Au-dessus de ma tête, sur l'étagère à chapeaux, étaient aussi entreposées quelques boîtes à chaussures couvertes de poussière dans lesquelles je rangeais des vieilles factures, des feuilles d'impôt et tout un tas de paperasses assommantes que mon fiscaliste m'obligeait à garder, d'autres boîtes étaient pleines de cahiers d'écolier remplis de petits secrets inoffensifs, de colliers et de boucles d'oreilles rouillées et démodées qui indiquaient que le désir de plaire n'avait pas disparu avec Jules. Ni le goût de la lecture, de l'écriture, des objets précolombiens, il n'y avait d'ailleurs pas un centimètre carré de disponible sur mon bureau. A priori, je n'allais pas si mal, même si je disposais de moins en moins de temps libre. J'avais rempli le vide métaphysique avec le plein des contingences sociales, professionnelles, familiales. Un rendez-vous avec une maîtresse d'école, un orthodontiste détournait mes états d'âme. Et, malgré toutes ces armures, je me sentais en danger en face d'un bout de papier.

Avec une violence extrême, à la seule vision de cette enveloppe, un malaise m'envahit. Je me suis allongée sur mon lit, les bras croisés derrière la tête. J'ai essayé de réfléchir au passé. Depuis des années, je m'étais forcée d'oublier et, tant bien que mal, j'y étais parvenue. C'était comme si une autre que moi-même avait fini par avoir une vue plongeante sur les événements de ma vie qui s'inscrivaient sur un écran d'ordinateur. Mais depuis que la lettre avait réapparu, les ondes s'étaient brouillées, et à nouveau je ne voyais plus.

La lettre me perturbait. J'avais laissé filer ma famille pour rester seule quelques heures, « pour me retrouver », comme on dit, une tasse de thé d'une main, un plumeau de l'autre, même s'il n'y avait rien de très bon à attraper au fond de moi. Le ménage participait à la thérapie. La lettre, avec brutalité, m'invitait au voyage.

On ne prend pas en une seconde une décision que longtemps on a repoussée.

Le sentiment que cette lettre contenait quelque chose de dangereux et que, pour cette raison, je ne devais pas l'ouvrir perdurait. Je me suis relevée, j'ai marché dans le peu d'espace libre que m'offrait mon appartement, je me suis faufilée entre les fauteuils, les chaises, les tables basses et hautes, les poufs, les postes de télévision, le bazar habituel, avec l'impression que la lettre qui n'avait pas été lue tentait sa chance une seconde fois. La première fois, c'était il y a cinq, dix ans ? Cela n'avait plus d'importance. J'égrenais les secondes entre dix heures et midi, tous les matins, juste avant la réunion de l'homme aimé et malgré les réprobations de ma grand-mère, j'attendais. À mesure que l'heure limite approchait, que mes chances s'amenuisaient, mon humeur se transformait. Je devenais plus sombre. Une porte se fermait.

Jules n'appelait pas l'après-midi.

Il se nommait Jules. Un air, un rien mystérieux, un sourire qui tourne l'esprit : un mélange irrésistible et dangereux. Et, comme son prénom l'indique, il manquait de cette touche de féminité qui rend les hommes plus vivables.

La lettre avait tourbillonné du haut de l'étagère pour atterrir à mes pieds. C'était bien la première fois que quelque chose venant de cet homme se jetait à mes pieds.

Il s'agissait d'une enveloppe banale, format carré, couleur bleu pâle, encre marine. Elles arrivent par la poste, par mail, par téléphone, les missives. Elles peuvent aussi se retrouver entre les pages jaunies d'un vieux cahier, mais elles ne dégringolent jamais d'une étagère. Je devais en redouter le contenu pour l'avoir enterrée là-haut, dans un vieux carton à chapeaux.

Je me souviendrai toute ma vie de ce soir terrible où, dans un élan de révolte, j'ai voulu ouvrir la lettre et ne l'ai plus trouvée. Je l'ai cherchée des nuits entières, j'ai vidé les armoires à pharmacie, les paniers pleins de colliers, j'ai déplié les affaires d'été et celles d'hiver, j'ai secoué chaque livre de ma bibliothèque, les albums de photos. J'ai recommencé les mêmes gestes dix, vingt, cinquante fois, peut-être cent. Cent fois, j'ai rouvert l'armoire, les boîtes, le coffre, j'ai soulevé le couvercle du sucrier, de la boîte aux gâteaux secs, j'ai feuilleté l'agenda, les répertoires, j'ai inspecté la commode, le buffet, la machine à sécher et à laver le linge. J'ai soulevé le pot de géranium et le paillasson, les vases, les CD, les piles de draps et de serviettes, les oreillers, les tapis ; j'ai secoué les rideaux, j'ai regardé sous les lits et les canapés. Deux mille cinq cents fois. J'ai remué ma maison ; je l'ai battue comme un jeu de cartes. J'ai fait tourner les meubles et les tableaux et j'ai tourné avec eux. Jusqu'à épuisement. Il m'arrivait de supplier, de m'adresser à je ne sais plus qui, moi probablement. Oui, de me supplier d'arrêter de me persécuter, de gémir comme un animal blessé, de brandir mon poing contre les murs, pitoyable. J'étais pitoyable. La lettre demeurait introuvable. Ma cachette était sans appel. Souvent, j'ai pensé que l'on m'avait dérobé la lettre. Que Jules, contrarié par la virulence de ses propos, avait revêtu une tenue de gentleman cambrioleur et qu'il s'était introduit chez moi, alors que je dormais, à pas de loup, pour la dérober. À moins que ma femme de ménage l'ait descendue avec les poubelles. À moins que, coincée entre les pages du journal de la veille, je l'aie jetée avec. Triste litanie des « à moins que », à laquelle se succédait celle des « si » : « Si j'avais détruit la lettre, je n'en serais pas là. » Et son opposé : « Si je l'avais ouverte, je serais près de lui. »

Autre destinée.

Et alors que je n'implorais plus saint Antoine, que je ne vidais plus le même tiroir pour la deux centième fois, que je ne frappais plus contre les murs de la maison, la lettre réapparaissait.

Un dimanche de surcroît.

Depuis que je ne voyais plus Jules, la mélancolie flottait dans l'atmosphère. L'air était devenu pesant, étouffant, et moi, j'étais devenue vulnérable au temps, aux rues désertes, aux violoncelles. Je comprenais maintenant les recommandations de Grannie. Jules me manquait encore plus le dimanche. Le dimanche, il apparaissait dès le matin au petit déjeuner. Nous trinquions entre deux tartines de pain beurré, nous entrechoquions nos tasses de café. Il venait sous la douche me savonner à m'en faire rougir.

Le souvenir des moments heureux transporte avec lui la mélancolie.

J'avais envie de bouger et je ne pouvais pas. Rien, pas même le courage d'entamer la moindre série d'abdominaux. Depuis Jules, l'air du dimanche était d'une composition différente. Dès le samedi après minuit, les particules se transforment, à respirer trop profondément on est pris de nausées, on vomit quelque chose de la vie. Peut-être parce qu'elle s'arrête. Comme les figurines d'un manège qui perdent leur magie en s'immobilisant.

Il aurait pu encore s'écouler vingt, trente ans, avant que l'envie ne me prenne de mettre de l'ordre dans mon bazar, il aurait fallu attendre la conjonction d'un temps gris comme mon humeur et ma famille au cinéma ! C'était rare le dimanche. En général, on lisait, on traînait, on paressait, on récitait les leçons à mi-voix, on regardait la télé au lit, on écoutait des récitals pour piano et violons. Schubert, Bach et les Tziganes.

On ne sort pas le dimanche.

Il n'était pas improbable qu'après ma disparition Myriam, ma fille, aurait fini par retrouver la lettre et aurait découvert l'existence de l'homme que sa mère avait aimé et dont elle ne lui avait jamais parlé. Elle se serait posé des questions auxquelles personne, à part lui, n'aurait pu répondre.

À moins qu'elle n'eût chargé un brocanteur de vider mes placards ou encore qu'elle n'eût appelé un commissaire-priseur et qu'un collectionneur de vêtements, un fétichiste, eût découvert la lettre qui m'était adressée ; la notoriété de Jules l'aurait amenée à la revendre et mon secret aurait été éventé. Cette façon de faire les choses à moitié me ressemblait bien – toujours hésitante, jamais sûre de moi – cette manière de quitter sans se le dire, de cacher, de ne pas détruire, d'être fâchée sans que personne ne le sache, pas même l'intéressé.

Peureuse !

Quand on veut faire disparaître un objet, on le détruit, on ne le cache pas.

Quand on se fâche, on le dit, quand on se sépare, on avertit ! On ne rompt pas tout seul dans son coin, en catimini, une rupture comme une union se partage, se consomme. Qu'est-ce qu'une rupture sans éclats de voix, sans plaintes, sans supplications et sans gémissements ? Les choses qui ne font pas mal tout de suite font mal toute la vie. Tel mon ours que je perdis quand j'avais douze ans. « Pleure-le, surtout pleure-le, n'aie pas honte de pleurer ton ours, sinon tu y penseras toujours », me conseilla ma grand-mère. C'était sa première leçon de vie. Je ne l'ai pas écoutée, je n'ai rien affronté, j'ai tout nié, même les larmes. Je n'ai pas pleuré la peluche qui avait partagé mes nuits... ni détruit la lettre. Je lui ai laissé une chance, même infime. Je l'ai enfouie.

Bouteille à la mer.

Aujourd'hui, la bouteille avait regagné le port, elle me revenait, insatisfaite de ne pas avoir été ouverte.

Une lettre écrite et expédiée est destinée à la lecture. De nombreuses lettres ont été rédigées et gardées, aucune n'a été niée. La lettre réapparaissait comme si elle avait quelque chose à me dire.

Le temps ne compte pas. Les souvenirs négligent l'évolution de la vie ; ils sont irrespectueux des changements de situation, des nouvelles amours ; ils attaquent en rafales le terrain jadis conquis, sûrs d'eux-mêmes.

À peine ma fille et son père avaient-ils claqué la porte de l'appartement, que je ne pensais qu'à m'allonger dans un canapé, les pieds surélevés par une montagne de coussins, l'âme devenue slave au son des Tziganes, le thé, les croissants du petit déjeuner à portée de main et la presse que mon mari achète dès le matin. Et voilà que bien loin des viennoiseries et des nouvelles du week-end, je me retrouve au fond de mon placard, submergée par toutes les peines et toutes les joies qu'un homme m'avait causées, les ratages, les silences, les mots pour rien, ses coups de fil, les miens, les révoltes, les étreintes, toutes les étreintes.

Je n'avais rien oublié, je me souvenais de toutes, de la première à l'ultime. On reconnaît l'ultime, sans se le dire, on sait que c'est la dernière, on le sait toujours. Entre les moments tristes, se glissent les dimanches au lit. On ne se levait que pour se nourrir. Mais les bons souvenirs font plus mal que les mauvais. Je revois son visage, c'est incroyable de revoir ainsi un visage. J'entends son rire, ses soupirs. Je le connais par cœur. Est-ce que par cœur veut dire avec le cœur ? Je le connais avec mes yeux, avec ma bouche, avec mon nez, avec le cœur aussi. Je le connais.

Au bout du couloir résonne la valse hongroise. Les violons pleurent et me donnent envie de pleurer. Le violon devrait être interdit le dimanche, même accompagné d'un piano, il réveille les pensées tristes.

Toutes les images me sont restées en mémoire. Les images de ce film interrompu. J'ai quitté la salle avant la fin. Quelle aurait été la suite de l'histoire si j'étais restée ? Si j'avais ouvert les yeux, ouvert la lettre ? Les histoires sont-elles écrites avant qu'on les vive ? Faut-il croire à la destinée et ne rien tenter ? Je n'ai rien tenté, je l'ai regretté. Lui non plus n'a rien tenté. L'a-t-il regretté ?

Ce fut ainsi.

Longtemps, il est revenu la nuit.

Se débarrasse-t-on des histoires inachevées ?

J'ai été prise de panique, j'avais l'impression de me perdre dans la mélancolie ambiante, de me confondre avec cet air lourd et asphyxiant. Je respirais le dimanche jusqu'aux histoires passées qu'il transporte et dont je croyais m'être débarrassée. Se débarrasse-t-on un jour des histoires inachevées ? Comment ne pas continuer ce qui n'a pas été ?

Par la pensée, j'ai parcouru le chemin des centaines de fois. Tous les sentiers, je les ai envisagés. On peut s'épuiser par la pensée. Je ne sais pas contrôler ce voyage. Je peux contrôler mes actes, pas mon esprit. Mes pensées sont curieuses et intrépides.

Il y a toujours eu chez moi une dissociation entre le cœur et la raison, l'un plus lucide que l'autre, l'un qui se fiche des conséquences et de qui va payer la facture.

J'ai toujours admiré les expressions comme : « N'y pense plus, c'est pas bon pour toi », ou : « Pense à autre chose. » Comment fait-on ? Suffit-il d'apposer un sens interdit, un drapeau rouge dans son esprit comme devant une route défoncée par la tempête et en emprunter une autre, l'autre route, l'autoroute, la voie royale ? Elles me font rire mes amies, et ma grand-mère en tête, avec leurs phrases d'haltérophiles de la matière grise.

J'ai toujours préféré les chemins périlleux, les énigmes, les mystères, les hommes difficiles, jusqu'au jour où, vaincue par plus fort que moi, j'ai abandonné la partie. Cette aventure peut ressembler à un jeu, à la guerre avec ses corps-à-corps, ses stratégies, ses attentes, affûts, embuscades et pièges, mais quand les sentiments s'en mêlent, ce n'est plus un jeu.

Comment savoir si la lettre contenait les mots que j'attendais ? En la lisant bien sûr, mais si elle ne les contenait pas ? Je n'avais plus le courage d'être déçue. Arrive un jour où l'on ne prend plus de risques. On ne le peut plus. Le quota de déceptions est dépassé. Puis, à vrai dire, rien du comportement de Jules ne me permettait d'espérer une issue heureuse.

Comme dans une partie de poker, quand les cartes n'y sont pas, quand le jeu de son adversaire devient opaque, on ne paie pas pour satisfaire une curiosité, on se couche.

Question de statistiques. La frustration est préférable à la douleur encourue. Rien n'est gratuit, surtout pas la certitude. La lettre entrave mon chemin, la lettre gît sur la moquette du couloir, un reptile m'aurait moins effrayée. Avant qu'elle ne réapparaisse, j'étais, comment dire ? parvenue à un certain état de détachement. Pour l'oublier, je m'étais en quelque sorte « éloignée ». On ne s'éloigne pas des choses individuellement. La vie ne se compose pas en compartiments étanches ; tous les compartiments de ma vie étaient contaminés. Devenue prudente, je me maintenais dans un état qui, sans me rendre malheureuse, ne me procurait pas le bonheur non plus. Puis, grâce à mes lectures, « mon expérience » (mon mari ne supporte pas ce mot qui évoque le passé), j'étais parvenue à comprendre quelques hommes dont le mien, parfois. Il m'arrivait d'acheter des cahiers de dictée et de répéter le soir avec Myriam, *La Poule et ses poussins*, et bien d'autres encore pour améliorer son orthographe. Protégée, un temps, de mes tiraillements intérieurs par la douceur du rôle de maman. Après, on pouvait réviser les tables de multiplication et terminer par une poésie d'Alfred de Vigny. Et voilà que tout cet édifice, chèrement obtenu, menaçait de s'effondrer pour un morceau de papier vélin. Ma tranquillité était donc si fragile ? Combien d'heures de conversation avec ma grand-mère m'avait-il fallu pour lui jurer un jour enfin « de ne plus permettre à personne de me faire du mal » ? Fallait-il lui dire que j'avais retrouvé la lettre ? Pauvre grand-mère, alors qu'elle espérait sûrement avoir épuisé le sujet, voilà que Jules, dont je préférais réduire le prénom à une seule initiale, « J. », revenait sur le tapis.

Le bâtiment se lézardait bien facilement. Si le bonheur s'était ancré dans la routine, celle-ci m'effrayait. J'ai souvent eu honte de m'impatienter devant la porte de l'école quand il faisait froid et que les enfants tardaient à sortir, je m'ennuyais au cirque, au Jardin d'Acclimatation, parfois même j'appréhendais les mercredis après-midi loin de la faculté qui me transformaient en chauffeur de taxi : passer prendre Mathilde puis Joséphine, les meilleures amies de ma fille, en bas de chez elles, déposer tout le monde au cours de danse à quatorze heures, arrêt devant la boulangerie à quinze heures quarante-cinq, piano à seize heures quinze, retour chez les copines à dix-sept heures trente et chez nous, cinq minutes plus tard. Puis arrivait l'heure des devoirs et du bain.

À confier cela, je passe pour une femme peu sympathique. Je serais alors doublement punie. Parce qu'il faut être fort et heureux pour bien aider les autres. Je n'étais ni l'un ni l'autre. Camus disait : « Celui qui traîne sa vie et succombe sous son propre poids ne peut aider personne. » Pas même ses enfants. La mélancolie tombe comme la pluie. Elle ne discerne pas. J'ai erré des mercredis entiers, consciente de perdre des moments essentiels de ma vie et impuissante pourtant. Quelque chose n'allait pas. Ce quelque chose, je venais de le trouver.

Je m'en voulais. Je m'attribuais l'entière responsabilité de mes états d'âme. Et ce n'était pas rassurant pour autant. Je ne cessais de passer de la position assise à la position allongée, puis je me levais pour faire quelques pas et m'asseoir encore une fois. Le tournis me prenait.

Cette lettre avait un pouvoir, je le savais. À la regarder simplement, je devenais vulnérable. De quel droit, dix ans plus tard, cette lettre pouvait-elle encore me nuire ou me combler ?

J'avais l'impression qu'à travers elle, c'était Jules qui revenait. Jules. Cette lettre, c'était lui.

Un mélange d'orgueil, d'indifférence, d'occupations l'en avait peut-être empêché. La peur de me blesser davantage m'avait retenue.

Un jour, nous ne nous sommes plus revus. Plus jamais. Sans un mot. Nous avons fait l'économie d'une rupture. Nous avons troqué un désagrément contre une incertitude. Question de couardise ? Un peu. D'héroïsme ? Sûrement, puisqu'il s'agit de la faculté de résister. J'en avais été capable. Je savais que ma volonté pouvait se montrer plus forte que mes exigences. Je l'avais éprouvé. Cela me rassurait. Maigre consolation.

Aujourd'hui, alors que de l'eau était passée sous le pont, comme on dit, pourrais-je, sans aucun risque, satisfaire une curiosité à moindres frais ? Non, l'assurance tous risques n'existe pas en amour.

Des années après, alors que ma vie avait continué avec son lot d'amour, de travail, comme tout un chacun, il était pourtant étrange de ressentir avec une acuité aussi grande ce que cette décision avait provoqué en moi de confusion.

Renoncer à un amour ressemble à un deuil. Et personne ne s'impose de tels sentiments. En cela, c'est incongru. Tout est incongru dans cette histoire. Il aurait suffi d'ouvrir la lettre. Sur le moment, je n'ai pas pu. Trop à vif, tout ce qui venait de lui me blessait, j'en étais à éviter les hommes qui portaient le même prénom, mais aussi ceux qui pouvaient me parler de lui. Lorsque je regardais la télévision, je changeais de chaîne quand le héros lui ressemblait et doublait ces camions de déménagement dont l'enseigne, à la voyelle près, affichait son patronyme. Malgré la recherche de la lettre qui m'occupa des jours et des nuits, malgré mes hésitations et mes remords, je ne l'ai pas appelé.

Non, je ne l'ai pas fait, je n'ai rien fait.

Lui non plus.

J'ai cru à son incrédulité, son impatience, à sa rage confrontée à mon impassibilité, mais il est fort probable que je me trompe. Comment savoir ce qui se passe dans la tête d'un homme ?

Une lettre qui n'a pas été lue n'existe pas, elle n'est rien. Juste un objet inoffensif, sans beauté et sans originalité particulière. Un bout de papier d'une banalité extrême. Tout le monde écrit. Que de prospectus, publicités, invitations, inaugurations de n'importe quoi, balancés à la corbeille ! Un courrier de plus, pas de quoi en faire un drame, non, vraiment. Je prends la lettre et me lève, ma main survole la poubelle en aluminium de ma salle de bains, il suffirait d'appuyer sur la pédale. Une fois dedans, ensevelie au milieu des kleenex froissés, je l'oublierai jusqu'à ce que la femme de ménage l'emporte et qu'il soit trop tard, pour de bon. Le geste ne me vient pas ; le geste me démange le bout des doigts, mais il ne me vient pas.

La lettre était sortie victorieuse de l'arène du temps, je devais la gracier.

Il suffisait de remporter le second affrontement, la deuxième corrida puisque celle-ci s'annonçait incontournable. La lettre se dressait devant moi.

Arrogance des objets.

Voyage dans le temps : voilà l'individu, un homme occupé qui ne venait pas autant que je le voulais, qui ne décommandait rien pour moi, ni un copain de passage, ni une exposition de photos, ni un match de tennis, un homme capable de me regarder sans rien dire tout en disant quand même. Un homme qui donnait du sens à la vie.

Si chaque être détient une part de mystère inexplicable, je n'en manquais pas. Comment avais-je résisté à l'irrépressible envie d'ouvrir une lettre ? Moi, l'amoureuse, la curieuse, la fragile ? Je m'étais droguée, oui, je sais, rien de très grave, deux somnifères, juste assez pour m'aider à résister, à dormir plutôt que de lire les mots empoisonnés à l'arsenic. Puis le soleil s'est levé ; les comprimés ont cessé leur effet et nous étions le lendemain. Un lendemain démuni comme la veille.

J'ai relu *Le Portrait de Dorian Gray*, et appris par cœur le passage où, se levant d'un bond devant Basil, il s'écrie : « Un homme maître de lui peut se libérer d'un chagrin aussi facilement qu'il invente un plaisir. Je ne serai pas l'esclave de mes émotions. Je veux m'en servir, en jouir et les dominer. » Sans effet immédiat.

Alors, j'ai rouvert la boîte de Xanax, j'ai désobéi à ma grand-mère pour qui Jules ne valait pas la peine que « je me fasse du mal ». J'ai écouté les conseils de mon amie Capucine : « Quand il pleut, on prend un parapluie », et il pleuvait très fort sur ma vie. Je me suis protégée jusqu'à ce que mon cœur ragaillardi retrouve un rythme régulier sans les effets de ce rempart chimique qui, en m'éloignant de l'existence et de ses sensations, me permettait de m'en rapprocher, doucement.

Convalescente, je l'ai été longtemps. À cause de lui. C'est ce que je croyais, alors que je m'étais laissé emporter toute seule. Longtemps, comme un petit animal peureux, je n'osai plus m'aventurer là où je risquais encore d'avoir mal. Doucement, entre les autres et moi, une muraille s'élevait.

Il m'aurait fallu pouvoir encore raisonner, mais qu'est-ce que la raison ?

La voix du père ? Je n'en avais pas eu. Du psy ? Je ne lui disais rien, et quand je parlais j'enjolivais la vérité. Il y a trop d'obscénité à ne pas la travestir. De la mère ? La légèreté de la mienne ne m'avait pas autorisé l'insouciance.

Puis le temps, l'expérience, la réflexion, les lectures ont été des professeurs. Ils m'ont appris à cerner les limites de ce que je ne pouvais tolérer. Jusqu'où, sur le chemin de soi, je pouvais laisser aller l'autre. La limite avait été franchie. Alors la décision a été prise, là-haut, dans le cerveau... Pas de discussions.

Le cerveau gouverne, pas le cœur. On ne le contredit pas.

Pourquoi étais-je si sévère avec moi ?

Pour me protéger, répond la raison.

S'empêcher de vivre, est-ce une façon intelligente de se protéger ?

Quel autre moyen ?

Prendre connaissance de la lettre ne me mènerait à rien, mais il me semblait difficile de résister pour la seconde fois. Jules n'était pas le type d'homme à gaspiller son temps pour écrire. Il avait pris la plume pour m'annoncer quelque chose d'inhabituel, forcément. Rompre ou m'épouser, il était capable de l'un comme de l'autre. Il était capable de projeter un voyage de trois jours dans un endroit merveilleux et de me décommander juste avant le départ, capable de dire, de contredire, de donner mais aussi de reprendre, de faire, de regretter d'avoir fait. De s'excuser. De partir si je pleurais, de s'inquiéter si je riais. De revenir. Ses façons étaient usées. J'arrivais au bout d'un chemin jonché de cascades d'eau chaude et d'eau froide. Jules ne changerait pas. Il ne savait pas vivre avec moi, et peut-être sans. Je ne savais pas, je n'ai jamais su, il ne m'a jamais rien dit. Il avait brouillé les pistes.

Ne pas ouvrir, ne plus rien ouvrir, ni la porte, ni les lettres, ni les bras, ni la bouche, ni les jambes, rien, résister. Fermer. J'en avais été capable et j'en avais tiré une petite fierté minable et passagère. Oui, je me souviens de cette impression d'avoir passé ce cap, comme s'il s'agissait du cap Horn. J'étais une héroïne d'un type particulier, championne de la maîtrise de soi, n'est-ce pas la base de tous les exploits ? Alors, pourquoi mon exploit ne serait-il pas aussi estimable que grimper en haut de l'Himalaya ? Il fallait du souffle, de l'endurance, de la volonté, de la détermination pour résister à une passion et je n'en avais pas manqué, malgré le prix à payer. Les passions contrariées offrent un vaste éventail de tortures. La sensation de frustration n'est qu'un hors-d'œuvre. Courage : « Toute comédie, à force de la jouer, devient réalité », Faulkner.

J'aime les petites phrases. Je les collectionnais et les inscrivais à la craie sur les murs de ma chambre quand j'étais petite. J'y trouvais toujours quelque apprentissage. Faulkner ne pouvait pas induire ses lecteurs en erreur, il avait nécessairement expérimenté ces quelques mots avant de nous les donner en pâture. Il savait. Longtemps, j'ai suivi Faulkner : j'ai feint. Feint d'être détachée, indépendante, légère, solide, drôle, facile, futile, volage. Le rêve en apparence. Le désastre à l'intérieur. La petite phrase a menti. Personne ne le sut. Je suis capable, comme un brave petit soldat, de prendre des décisions difficiles. De garder mes états d'âme secrets. Mes amies en ont récolté des bribes, ma grand-mère des chapitres, personne n'a connu la romance en entier. Surtout pas lui. Non, jamais il n'a imaginé à quel point je l'aimais, à quel point je subissais une décision au-dessus de mes moyens. J'exécutais un ordre venu d'en haut, dans le cerveau, l'ordre d'un supérieur, un ordre qui me dépassait. Mon cœur se soumettait sans approuver. À vrai dire, je ne me suis jamais très bien entendue avec moi-même ; j'avais besoin de l'approbation de cet homme pour m'accepter. Il ne me l'a pas donnée, pas vraiment. Il m'a donné autre chose. Malgré lui. Étais-je anormale ? D'un côté, je ne voulais plus subir la volonté d'un homme, de l'autre je voulais continuer les baisers, l'amour deux à trois fois par semaine, continuer, prête à souffrir des jours et des nuits pour quelques instants avec lui.

Mon cœur n'est ni prudent ni économe. Si tous les cerveaux étaient logés à la place du cœur, les psychanalystes seraient au chômage. Ma raison avait décidé. Je me pliais. Je ne subissais plus que moi, je reprenais la direction des opérations. Lettres, missives et chants de sirènes en tout genre m'étaient interdits, comme la musique que l'on écoutait, le café que l'on buvait. Quand on veut replanter, on commence par désherber, on ne se laisse pas attendrir par le petit brin de fleur qu'il a glissé dans ma boutonnière ; non, on commence par brûler le champ des nostalgies. Le but est de le perdre, de retrouver le monde. De ne plus être triste à cause de lui.

Disparition de l'alibi.

L'empire des chimères

À présent, tout devient dangereux, à commencer par son écriture, porte de l'âme, encore en mesure de m'emmener là où je ne devrais plus aller. Une déconvenue m'avait ouvert de nouveaux horizons. Il en va souvent ainsi des déconvenues. Sans sombrer dans le pragmatisme, je me méfiais des hommes courants d'air.

Fini les amours virtuelles ; j'ai voulu un homme qui donne, qui dit, qui vient.

Tout s'est passé comme si c'était lui, mon cerveau, le coupable, pas moi, juste lui. Lui que je dénoncerais si un jour j'étais confrontée à Jules, lui que je renierais, peut-être. Lui qui m'a donné l'ordre d'enterrer la lettre d'un homme aimé, sans la lire, lui capable d'une telle cruauté, lui peut-être responsable d'un amour empêché... « Peut-être... », ce mot qui a failli me rendre folle.

Il y a plus d'une dizaine d'années que j'ai obéi et aujourd'hui encore je me demande comment.

Je déteste mon cerveau.

J'aurais dû jeter la lettre, m'assurer qu'elle ne reviendrait plus. La déchirer, la transformer en confettis, en particules, la faire disparaître au fond d'un égout, j'aurais été sûre, alors.

Certes, je n'étais pas Dieu pour décider de l'élimination d'une lettre. Je n'ai jamais tué ni une mouche ni même un moustique, non, jamais. Mais comment demander à celle qui garde des chapeaux troués et des cahiers d'écolier de réduire une lettre en bouillie ? Je l'ai juste enfouie quelque part et j'ai perdu sa trace, espérant sans doute que des déménagements successifs se chargeraient de la faire disparaître complètement. Lâche. Me voilà punie : la lettre est revenue.

Je glisse la lettre sur mon nez... je la respire ? Folie ! L'amour est autant une question de peau que d'odorat, ce n'est pas parce que ma raison a triomphé une fois que je peux indéfiniment la mettre à l'épreuve.

Personne ne peut faire l'économie d'un chagrin.

De ce côté, j'avais été prolixe. Mes rêveries pouvaient bien m'envoyer sur la Lune, elles m'y ont envoyée d'ailleurs. J'aurais bien pu prendre un billet pour le Yémen, la route du Thé, le sommet de l'Himalaya, les forêts canadiennes, grimper au dernier étage d'un gratte-ciel new-yorkais... aucune de ces destinations ne serait parvenue à chasser mon chagrin.

J'étais aussi seule dans une forêt qu'au milieu de la foule, incrédule.

La solitude est inhérente à ma nature. Le chagrin est une glu qui éloigne des autres et rend la beauté invisible. Il renvoie à des traumatismes trop anciens pour le chasser d'une promenade. S'il suffisait de s'expatrier pour changer, la vie serait simple.

J'inspire : bonne odeur de vieux papier, un zeste de cahier Clairefontaine, de rentrée des classes, de boîte à secrets, de journaux intimes... Je me rapproche, je ferme les yeux, seconde inspiration, là, sur le dos de l'enveloppe, à l'endroit de la fermeture : une odeur de colle séchée, je traque la salive, le coup de langue, mais le parfum de la colle est encore trop présent. Alors, sans sortir la lettre, je plonge le nez au creux du pli, j'inspire pour la troisième fois : son parfum est là. Ce mélange de menthe et d'autre chose qui ressemble à du musc. Cocktail de fraîcheur et de profondeur que je retrouve comme les quelques notes d'un air connu. Mélodie d'un bonheur incertain, les fragrances dansent comme des notes de musique au fond de l'enveloppe. La tête me tourne, je n'aurais pas dû goûter à ces vestiges. En va-t-il ainsi des parfums comme des émotions ? Rien ne s'efface, tout perdure. J'ai mal, l'impression qu'une vis me vrille le cœur. Je croyais m'être débarrassée de cette sensation, je croyais que jamais plus, et me voilà courbée en deux, maudissant ma gaillardise.

Les sentiments, lorsqu'ils ont été interrompus sans drames excessifs, peuvent-ils s'éteindre ?

Une relation figée, lorsqu'elle n'a pas vécu sa vie, peut-elle, même dix ans après, se réveiller ?

Je dois demander aux femmes qui m'entourent si l'une d'entre elles a déjà vécu une situation similaire ; faire une radio-trottoir, interviewer les passants... Étrange mécanique que ce cerveau.

Des moments passés, des choses vécues, incontrôlées et pas forcément agréables, me revenaient en boomerang, cette interrogation avec. Faut-il se protéger au risque de perdre les moments forts de notre existence ? Il ne s'agissait même plus de ça. Juste de souvenirs qui, comme un fantôme, m'habitaient et revenaient me hanter. Étais-je la seule femme à développer de manière excessive la mémoire des sentiments ? Je croyais que ce qui était fini était fini, comme la rédaction que l'on conclut d'un point, comme le trait que l'on trace à la fin, comme la page que l'on tourne. Je n'avais apposé aucun point, tourné aucune page, tiré aucun trait. L'histoire s'est effilochée, telle une ligne de tricot qui n'a pas été fermée. Petite, je connaissais le point de riz, je savais commencer les écharpes, une maille à l'envers, une maille à l'endroit, facile... Je ne savais pas fermer le tricot, déjà, je ne savais pas passer une maille au-dessus de l'aiguille. Je ne savais pas, je n'avais pas appris. J'aurais dû me méfier, dans la vie non plus, je ne savais pas.

La lettre m'a attrapée en plein vol, comme un de

ces missiles qui éclatent un peu partout dans le monde. Où étais-je quand le dernier missile est tombé ? Dans mon placard, dans un appartement de cent mètres carrés, exposé sud-ouest et pas trop mal situé. Oui, je sais, le lieu importe peu, je voulais dire : où en étais-je dans ce fichu cœur ? La seule adresse qui ait de l'importance. Où en étais-je côté insouciance, apaisement, mélancolie passagère d'un dimanche après-midi ? Quand on réapprend à vivre, on ne doit pas être trop exigeant. Essayer de se satisfaire de l'air que l'on respire, de percevoir la sensation de bien-être des choses minuscules est une des clefs du bonheur. Je sais. J'avais lu Platon le maître et Aristote le disciple, je m'étais imbibée de l'idéalisme de l'un et du réalisme de l'autre, du regard vers le ciel puis de celui vers la terre, je les avais racontés, confrontés. Si la lecture était le remède de l'âme, j'étais leur enfant indigne.

Les dimanches sont de longues nuits

En ce dimanche de décembre, juste avant que la lettre ne réapparaisse, j'étais calme. Passablement satisfaite de devoir aligner quelques chapeaux sur une étagère.

Voilà, pour un de ces petits gestes innocents d'un dimanche matin.

Je devais mon équilibre conjugal à tout un tas d'aspirations et de déceptions, mais je m'étais essayée au bonheur avec prudence.

Christian, mon mari, m'aimait. Ce qui aurait dû suffire à me rendre heureuse, mais ne suffisait pas. Non pas que ses sentiments ne fussent pas partagés, mais une chose plus pernicieuse me tourmentait : un sentiment étrange d'inachèvement, comme un paragraphe que j'avais sauté et qui rendait bancale mon appréhension de la vie. J'avais raté quelque chose, un paysage manquait et ma vision du monde en était tronquée.

J'ai pensé qu'un nouvel amour guérissait d'un

ancien. J'ai pensé qu'un enfant guérissait de tout. Je me suis trompée. Le présent ne change pas le passé, le passé demeure et le présent continue.

Quand la lettre est tombée, outre le choc, j'ai pensé que la vie m'offrait un second voyage dans un pays jadis survolé : le train repassait.

Christian travaillait dans l'aéronautique, sa relation avec l'argent était suffisamment détachée pour ne pas l'aimer ni trop avoir à s'en préoccuper. Il entretenait des rapports sains, distanciés, avec la société. J'entretenais des rapports malsains et rapprochés. Je n'estimais pas la plupart des agitateurs de notre monde, lui non plus. À la seule différence qu'il n'en souffrait pas, alors que la médiocrité m'avait toujours plus que désolée.

Souvent, il me parlait de la distance nécessaire entre soi et les autres. Je ne l'avais pas trouvée, pas vraiment. Le réglage n'était pas au point.

J'avais besoin de lui pour toute cette mécanique-là : il « remettait les pendules à l'heure ».

Il m'avait fallu quelques années pour connaître des moments d'apaisement. Tel ce jour, quand, débarrassée des tâches ménagères inhérentes au dimanche matin (aligner les tasses dans le lave-vaisselle et tirer sur les couvertures), j'avais, avant que l'idée de ranger ne me vienne, ouvert mon journal, mon ordinateur, lu mon courrier, répondu aux mails les plus urgents, et ajouté quelques phrases à cet essai en chantier depuis déjà trop longtemps. Bu trois ou quatre tasses de thé.

Je ne sors pas le dimanche. Le dimanche est une journée d'hibernation, de gestation, pas grand-chose n'en ressort, mais c'est ainsi.

Le dimanche, on se recroqueville, on se ratatine, on amasse, on ramasse, on ressasse, on puise dans le capital, on le chérit, on le malmène.

La vie se déroule en autarcie.

L'attraction est dedans, à l'intérieur de la maison, pas dehors. J'ai besoin de plonger dans mes noirceurs pour y voir plus clair.

Je ne vais pas au cinéma. D'ailleurs, dans la liste des péchés les plus graves, le cinéma l'après-midi arrive en tête. Je plonge dans un océan de paperasses, je réponds, je classe. Ce dimanche-là, j'avais choisi les chapeaux, mais cela aurait pu être les livres.

Maintenir le cap avec pour but la plénitude, je ne connais pas. Je dévie. Souvent, le bonheur m'a glissé entre les mains à cause d'un rendez-vous manqué, de cette sensation d'avoir raté, d'être passée à côté, à cause d'une ingrate, d'une médisante, d'une jalouse. La liste est longue.

Les autres, toujours les autres, alors qu'il suffit de ne pas les voir. Je m'en voulais de cette capacité à souffrir des défauts des gens que je n'estimais pas.

Comment ceux qui ne pouvaient pas me rendre heureuse pouvaient-ils me rendre malheureuse ? Mystère. « Il faut se préférer », disait ma grand-mère.

Facile à dire.

À part Myriam et moi, rares étaient ceux qui pouvaient chagriner mon mari. Et je l'admirais pour cela. L'ordre des priorités. Alors que je n'étais que désordre. Une mie de pain et l'univers s'assombrissait. Ainsi formulé, cela pouvait paraître agaçant ou superficiel, mais le trouble profond dans lequel certaines déconvenues me plongeaient ne l'était pas.

Depuis quelque temps, grâce à mon mari, la réalité et moi étions réconciliées, je n'avais plus besoin du rêve pour m'en échapper. Je pouvais rester chez moi, le dimanche, libérée de mes anciens démons, sans imaginer que c'est au fond d'un placard que je les retrouverais.

J'erre, au son des Tziganes. Un enregistrement de 1935, la *Kazanova*. Larmoyant.

J'éteins la sono.
J'allume la radio.
Fini les violons.
Une voix d'homme chante :

> *« C'est un autre que moi demain,*
> *Qui t'emmènera à Saint-Germain,*
> *Prendre un dernier café-crème.*
> *Il suffirait de presque rien,*
> *Peut-être dix années de moins,*
> *Pour que je te dise je t'aime. »*

Encore pire. Le violon au moins laisse une liberté d'interprétation. Pas la chanson. C'est donc un autre que lui qui l'emmènera à Saint-Germain prendre un dernier café-crème.

Sinistre. Pourquoi des paroles si tristes ? À croire que certaines chansons ont été écrites pour animer les programmes du dimanche matin.

J'éteins la radio.

J'allume la télé.

Pas de chance.

La messe en direct de Lourdes devant la grotte de Bernadette Soubirous. Il fait un froid de canard. Cela se voit, les choristes sont statufiés. Gros plan sur une femme en manteau de vison qui s'applique pour chanter, la bouche en cœur, les yeux fermés. Le prêtre lève l'hostie au-dessus de sa tête, il va manger l'Agneau de Dieu. Ces images ne me réconfortent pas.

Je deviens mélancolique. La migraine du dimanche frappe du côté des tempes.

J'éteins la télé.

Je suis cernée. L'extérieur est mauvais. Tout fait mal. Pas de filtre antiprogramme dominical. On devrait en inventer, les distribuer gratuitement dans les Fnac et les pharmacies. Je verrouille la porte d'entrée, ferme toutes les fenêtres, l'air aussi est mauvais. Il aurait fallu cadenasser tous les placards. La lettre a glissé d'une étagère. De l'étagère à ma vie. Les démons entament leur danse, sacrés démons. Pirouettes, entrechats, voltes, virevoltes, claquettes, glissades, sauts, les démons exécutent, une à une, au-dessus de mon crâne, toutes les danses, de la carmagnole au rock-and-roll.

Autant de souvenirs que de chapeaux rangés : paille gondolée, embruns de vacances à Capri. Feutres de l'automne, éternelle rentrée des classes. Chapeaux de pluie réversibles, noirs d'un côté, écossais de l'autre : les astuces des week-ends. Bonnets en grosse laine pour les sports d'hiver.

Même démodés, je ne les jette pas, je ne jette rien, d'ailleurs.

J'accumule.

Je conserve toutes les formes de nostalgie.

J'aime les souvenirs, je les accroche n'importe où, les souvenirs, à un brin de panama défraîchi, par exemple :

– Les chapeaux, c'est pour te cacher ?

Il avait dit ça. Il avait dit aussi, une autre fois :

– Cela te va bien.

Et encore, alors que je revenais d'un voyage aux États-Unis sans lui :

– C'est joli, tu l'as trouvé là-bas ?

Et il avait un air tout embarrassé confronté à cette paille en forme de cloche. L'air intimidé des hommes face aux colifichets des femmes qu'ils admirent, mais dont ils ne comprennent pas très bien l'utilité.

Il n'y a pas que les chapeaux que je ne jette pas, il y a cette lettre, que j'avais un peu oubliée, qui resurgit et qui m'encombre.

On a toujours oublié quelque chose quand on est

heureux. Nos déceptions sont des princesses, elles s'endorment en attendant qu'un jour on les réveille.

Un prince nommé « Dimanche après-midi » les a réveillées.

Je n'aime pas les princes, surtout pas ceux du dimanche après-midi. Ma grand-mère (je devrais rassembler dans un recueil tous ses conseils) nous mettait en garde. Alors, Capucine et moi, assises en tailleur à ses pieds, nos jambes trop maigres enfouies sous nos robes trop longues, réprimions nos intentions guerrières.

Elle avait oublié les dimanches.

Les dimanches sont de longues nuits.

C'est plus tard qu'elle a compris le danger des dimanches.

J'aurais trouvé la lettre un lundi, il est possible que je l'eusse rangée dans le carton à chapeaux et que je l'eusse délaissée encore quelques années. Le temps de devenir vieille, le temps que les émotions s'apaisent et que les rencontres s'avèrent vaines.

Que disait Mamie à ce sujet ? En rougissant un peu, parce que, malgré sa vie agitée, elle était prude, ma grand-mère, elle parlait de « paix des sens ». Elle disait : « Un jour, ces choses-là ont moins d'importance, et c'est bien. »

Il y a une place en moi pour les sentiments qui restent, qui stagnent sans se dissoudre ni s'éliminer, pour les pages qui ne se tournent pas, pour cet amoncellement de troubles, de sentiments, de battements, de plaisirs, de douleurs, d'accélérations, de tremblements, tout ce fatras d'ondes, de tressautements qui, après nous avoir démolis, nous reconstruisent différemment. Je suis une immense armoire des sensations. J'ai cent ans. Il me semble les avoir toutes connues, toutes éprouvées, même si je n'ai pas tout vécu. Mes histoires me ressemblent. Qui trahit mieux que les songes ?

Je suis vieille à cause de ces rêveries-là, cette pingrerie évidente, cette économie de bouts de chandelles, de dîners aux chandelles, de sourires, de soupirs. Je les ai gardés, nos dîners. Nos sourires et nos soupirs aussi.

Le support de ma mémoire suffisait et voilà qu'une lettre vient en renfort.

Avec le temps, j'avais « évolué », comme on dit, puisqu'un poids m'avait quittée. Je n'étais pas légère pour autant. J'étais juste moi sans lui, sans cette inquiétude particulière qu'il me procurait. Je n'attendais plus. Plus rien, plus un mot, plus un appel, plus une visite. J'étais moi qui n'espère plus, qui ne me renseigne plus, moi libérée de la tension unilatérale de l'attente, sans être vraiment libérée de lui.

Se libère-t-on jamais ?

On peut se défaire d'une chose, d'un meuble et même d'un immeuble, mais d'un passé ? Mes souvenirs, si je ne les sollicitais pas, demeuraient endormis, mais je sentais bien qu'il ne s'en fallait pas de beaucoup pour les réveiller.

Cette aptitude à la nostalgie, ce penchant romantique demeurait en éveil, à fleur de peau. Un rien pouvait le ranimer, ma tranquillité n'était pas acquise. Il suffit d'une lettre et d'un dimanche après-midi. La conjonction des deux avait remis quelque chose en marche. On ne change donc jamais ? Les chagrins d'amour, dit-on, durent trois ans, c'était le contrat. Les trois ans étaient révolus, la mémoire des émotions me revenait avec intensité.

J'étais bien trop démunie quand, un jour, sans qu'aucune scène de rupture ne précède notre séparation, on ne s'était plus vus.

Ma décision était prise et, malgré elle, comme de la mauvaise herbe, Jules, au prénom redoutable et redouté, se faufilait là où je croyais l'avoir arraché. J'ai continué quelque chose à base de lui, sans lui. Sans lui et tout empreinte de lui. La vie, les récits, les phrases ont besoin d'un point quand la fin se profile.

Jules et moi nous nous sommes quittés sans point.

J'ai fini dans mon coin, lui dans le sien.

L'un en face de l'autre, les yeux dans les yeux, ç'aurait été impossible.

Le temps a fini l'histoire à notre place.

Le temps finit mal.

Il ne sait que continuer, le temps, le bon comme le mauvais, pas de différence. Le temps n'interrompt rien. Il avance.

On dit fermer une porte, un tricot, une fenêtre, une issue, une maison.

Nous nous sommes quittés en laissant tout ouvert ; *open*, comme un billet d'avion. Pas de retour à date fixe. Pas de date du tout. Un retour quand on veut, si on veut. Retour de flamme ? Retour d'âme ? Dix ans plus tard, un ticket n'est-il pas périmé ?

Nous avons laissé toutes les portes accessibles et nous ne sommes entrés nulle part. Nous nous sommes juste tus et plus vus.

Effacement progressif.

Sanglots longs sans larmes et sans mouchoir. Un chagrin sourd et lointain qui ne s'exprime pas parce qu'il n'a pas le droit.

Révolte sans bruit ni contradiction.

Les mots qu'il ne m'avait pas dits se sont faufilés dans toutes mes pensées, je n'ai pas pris la peine de panser mon chagrin, je l'ai ignoré, bafoué... Il s'est vengé, il a persisté longtemps, il s'est infiltré, prêt à m'envahir à la moindre faille.

Ce matin, alors que j'étais calme et que je ne demandais plus rien, la faille s'est ouverte.

L'incident s'est produit un dimanche à la maison, semblable à beaucoup de dimanches. Je range. Après les assiettes dans le lave-vaisselle, il y a le linge accumulé de la semaine. Quand j'étais étudiante, j'attendais que le fauteuil placé en face de mon lit se renverse sous le poids des vêtements, alors, contrainte, je rangeais les robes.

Le mariage additionne les désordres. Les pantalons se sont ajoutés aux jupes. Alors, je suspends, je passe d'un cintre à pinces à un cintre à crochets.

Le désordre raconte toujours une histoire.

La libellule espagnole

Longtemps, Jules a continué d'orienter ma vie, mes choix, mes distractions, mes voyages. Il était toujours quelque part. J'imaginais qu'il me regardait agir et cela me donnait de l'assurance. Au tennis, je frappais plus fort la balle quand son image traversait mon esprit, à skis, je descendais avec plus de style et d'application quand je pensais à lui. Il me rendait meilleure en tout. Je me surpassais, pour lui.

Si j'avais mis autant de soin à l'oublier qu'à entretenir son image, je serais guérie. Je ne voulais pas lâcher son souvenir, alors qu'il ne m'apportait aucun réconfort. Je ne sais pas pourquoi, je n'ai pas compris.

On ne se comprend pas toujours.

Mais je m'insurgeais contre moi-même, contre cette propension à ranimer un épisode néfaste. Il y a des rêveries salvatrices, des rêveries de compensation, de confort, de fuite, de mieux-être ; la mienne ne ressemblait à aucune de celles-là. Elle était stérile et destructrice. C'était comme si j'espérais changer ce qui avait été, manipuler la réalité, revenir, parvenir à me faire mieux aimer. La rêverie comme une passerelle entre le passé et le présent, les confondre, les superposer, les rapprocher, les relier. Voyager dans le temps. Le premier homme après lui, c'était pour me détacher. Longtemps après, et encore tout imbibée de lui. J'aurais voulu qu'il le sache, je ne suis peut-être entrée dans cet autre lit que pour ça.

Rien n'est plus triste qu'un homme dont on se sert pour en oublier un autre. Pas pour lui, il ne le sait pas. Enfin, je ne crois pas. Pour moi. Hormis la petite satisfaction d'avoir surmonté différentes peurs – franchir des escaliers, entrer dans un appartement inconnu derrière la porte duquel un homme fraîchement rasé m'attendait, le laisser me déshabiller trop doucement, m'embrasser trop fort –, je n'en connus aucune autre. Rien. Un homme que l'on n'aime pas assez a tous les défauts : la cadence, trop rapide ou trop lente, le souffle bruyant, les étreintes étouffantes... Dans les bras de cet homme, c'est Jules que je voulais retrouver. Mais aucun homme ne ressemble à un autre et chacun a sa façon d'aimer. Jules venait chez moi, il ne possédait pas « d'endroit », il ne m'emmenait pas dans les hôtels, ni chez lui où je n'avais pénétré qu'une fois sur la pointe des pieds et sans que rien de compromettant ne s'y passe. Chez lui demeurait un mystère.

En fait, je n'ai jamais su s'il me tenait éloignée parce qu'une autre femme y vivait ou parce qu'elles étaient si nombreuses à s'y être succédé qu'il aurait eu l'impression de m'assimiler à elles en m'aimant là-bas.

Il sonnait.

Il traversait mon univers, les odeurs de ma maison, ma musique, ma multitude de petits oreillers, la profondeur de mes canapés, mes tuiles aux amandes grillées.

Il regardait mes objets, remarquait une chose dont je ne m'étais pas aperçue. Apprenait à me connaître en dehors de mon corps.

Il m'interrogeait : « Tu utilises ta cheminée ? », « En voyage, tu ramènes des souvenirs ? », « Tu fréquentes les salles de ventes ? », « D'où te vient cette passion pour les bibelots ? »

Un jour, parcourant ma bibliothèque, il me demanda si j'avais lu tous les livres qui la meublaient. Et son regard marqua un grand étonnement quand je lui répondis « que j'avais lu et aimé tous les livres qui restaient chez moi ; que c'était bon de vivre entourée de livres aimés ».

Il y avait l'étagère des incontournables, des livres soulignés, des livres qui m'avaient aidée et qui me rassuraient ; il y avait ceux que je consultais comme des amis sages, d'autres qui m'envoûtaient par la beauté de leur style ou leur humanité. Les livres étaient mes amis. Même si aucun n'était parvenu à extraire Jules de mes pensées, je leur pardonnais... Jules admirait mon amour de la littérature, mais pas seulement ; il s'amusait de ma coiffeuse, il disait qu'aucune autre femme à part moi n'en possédait. Que c'était joliment démodé. Il caressait la dentelle qui recouvrait la table. Le miroir en verre de Venise et tous ces flacons en cristal qui servaient à décorer. Il enfouissait sa main dans un panier rempli de colifichets :

– Ce sont des colliers ?

– Ben, oui...

Ma féminité l'enthousiasmait.

La féminité, plus objectivement, l'enthousiasmait.

Nos différences le charmaient.

J'adorais son regard admiratif pour rien, pour ces petites choses qui le dépassaient. Cet air benoît de l'homme qui pourrait se faire avoir, ce mâle qui perd les pédales et le sens des valeurs devant une paire de mules à talons aiguilles.

Il me donnait raison.

Il hochait la tête, quelque platitude que j'avance. Il était un peu impressionné...

Cher amour.

Je le recherchais. Je recherchais un homme parmi tous les hommes.

Doucement, le soir, avant que je m'endorme, ma grand-mère me rappelait que l'amour est une individualisation extrême, qu'il y avait sur terre beaucoup d'hommes qui méritaient un traitement comparable, qu'il suffisait de choisir celui qui m'avait choisie. « Y. t'a choisie. »

Y. n'était pas lui. Y. n'avait pas cet air naïf, ce regard d'enfant, cette fragilité, cette avidité.

« Laisse une chance à l'amour, aime-toi assez pour aimer celui qui t'aime. »

Paroles et paroles, dit la chanson.

« De mon temps, l'amour venait quand on lui laissait le temps... Tu ne laisses aucune chance aux autres hommes. »

Elle utilisait rarement la formule consacrée de nos aînées.

Avec Y., l'amour n'était pas venu.

« Parce que tu es entêtée ! Parce que tu résistes, tu ne te laisses pas entraîner par la vie, regarde autour de toi, il y a la lumière, l'air, les fleurs ! » Puis, exaspérée, elle se laissait parfois aller à lancer un : « Je le déteste, cet homme, il t'a ensorcelée ! Eh bien, figure-toi, ma chérie, que l'ensorcellement, ce n'est pas l'amour. »

Que m'importait de savoir comment se nommait ce que je vivais ?

À court d'arguments, ma grand-mère se rebiffait et pouvait dire quelque chose comme :

– Moi, si j'étais jeune, eh bien, il ne me plairait pas du tout ! On dirait un Espagnol.

– Mais c'est horrible de dire ça ! C'est du racisme ! Qu'est-ce que tu as contre les Espagnols ?

Elle dépassait les bornes, était prête à tout pour me venir en aide : insulter des innocents et se montrer abusive. Je l'aimais encore plus.

L'Espagnol était hors de portée.

Mais j'adorais sa capacité à détester quiconque me faisait du mal, son intransigeance, son manque de discernement. On avait forcément tort de ne pas m'aimer. Et je me disais qu'aucun homme au monde ne m'aimerait comme mon chien et ma grand-mère. Voilà pourquoi j'aimais toutes les grands-mères et tous les chiens. D'ailleurs, « Mousse au chocolat », mon animal de race indéterminée, mais de cette couleur-là, ressemblait à Grannie. Physiquement et affectivement. Elle riait quand je m'amusais à les comparer, jusqu'aux stigmates du vieillissement : le museau de mon chien et les cheveux de Grannie ont commencé de blanchir en même temps.

L'ensorcellement, c'était il y a dix ans, aujourd'hui ce serait peut-être différent... Mais comment annoncer à ma grand-mère que j'ai retrouvé la lettre, que la menace plane à nouveau, qu'un chagrin d'amour est un volcan endormi ? Cet homme est inscrit dans mes gènes, sous ma peau, jamais il ne me laisse en paix. Un choc et il explose. Je vivais sous la menace. J'ai dans la tête un tiroir mal fermé qui porte son nom.

La péninsule Ibérique allait refaire surface. À nouveau, j'avais besoin de la force de ma grand-mère pour lui tenir tête, besoin de son amour, de sa mauvaise foi, de ses analyses tronquées, de ses plaidoiries biaisées, de ses attaques aveugles contre les hommes mariés, les catholiques pratiquants, les malheureux Espagnols, le chorizo et la paella – toutes ces nourritures trop grasses –, comme si en épousant un natif de Barcelone on était condamnée à en manger toute sa vie.

Toi, tu es italienne. Ta langue est plus mélodieuse. Tes actrices plus jolies, tes plages et ton architecture aussi. Je sais. Rien n'est plus romantique qu'une promenade à Venise sous la brume et qu'un bain à Porto Santo Stefano. Bien sûr. Je ne discute ni le Pont des Soupirs ni les ruines romaines ensevelies sous la mer. Je ne discute pas, non. Et je vénère la *pasta* et les *gelati* à tous les repas. Ta supériorité est aussi culinaire, je sais.

Je vois d'ici ton air désemparé de *mamma* quand, penaude, je t'annoncerai ma découverte d'un dimanche après-midi. Tu penseras : « Toutes ces heures de discussions, ces voyages pour revenir au point de départ ! » Tu penseras aussi à mon mari, dans ta tête, en italien, tu te diras : « *Che vergogna !* » Puis, en français : « Quelle honte ! »

Tu diras : « Il est beau, ton mari. Pense plutôt qu'une femme peut te le prendre. »

Tu diras encore : « Ma chérie, tu ne changeras jamais, petite fille aussi tu voulais ce que tu n'avais pas. La poupée, la bicyclette, la robe de la voisine étaient toujours plus belles. Tu dois te corriger. C'est pas bien d'être comme ça. »

Puis tu ajouteras : « Quel jour sommes-nous ? » Et, terrifiée : « Dimanche, nous sommes dimanche ? Remettons à demain notre conversation, veux-tu ? Demain, nous serons lundi. »

Ma grand-mère rend l'oisiveté et le désœuvrement responsables de bien des vices ; le dimanche favorise l'un et l'autre. Les statistiques lui donnent raison : on se suicide moins en semaine que le dimanche.

Mais aurais-je envisagé de parler de cette lettre un lundi ?

Le lundi, je pars. Je quitte la maison, son atmosphère confinée et passablement désordonnée. Le lundi, les lits restent défaits, les tasses du petit déjeuner traînent dans la cuisine, les spaghettis de la veille collent au fond de la casserole, on attend la femme de ménage comme le Messie. À peine réveillée, je me presse, je me presse tout le temps, le bonheur est peut-être une question de cadence, il suffit d'accélérer le pas pour être heureux. Moins penser.

Un autre univers m'attend. Un univers plus dynamique et plus structuré, je bouge, j'attache ma ceinture, je conduis, je cherche une place, je me gare, je descends, prends un ticket, le colle sous le pare-brise, attrape mon cartable, je cours, je suis en retard, je voudrais prendre un café au bar d'en face, mais je n'ai pas le temps, j'escalade les escaliers de la fac, je dis bonjour, il y a des profs et des élèves que j'aime bien, j'ai le trac chaque fois, j'ai peur de me faire chahuter, je rajuste mon chemisier, je veux les intéresser, les séduire. J'avance vers l'estrade, je n'ai pas le choix.

Il ne faut pas me laisser le choix. Je choisis mal. C'est ainsi.

Le dimanche, tous les itinéraires psychologiques sont permis, pas le lundi.

Un lundi, la lettre de Jules, Jules mon ex-jules, aurait produit un effet différent. Pas le temps. Je l'aurais décachetée à la va-vite, n'en aurais pas fait un roman, je l'aurais archivée – ou jetée – quoi qu'elle raconte.

Des mots d'amour ? Trop tard pour regretter, il faut avancer, avancer, oui, aller de l'avant, en avant dans la vie. Le parcours sans fautes n'existe pas. S'il m'avait vraiment voulue, il n'avait qu'à appeler, il aurait fini par me trouver. Ou alors je découvre, une tasse de café à la main et les clefs dans l'autre, qu'il voulait me quitter et la lettre aurait atterri dans la poubelle, vite fait.

J'aurais pu aussi décacheter l'enveloppe au volant ou à la faculté. Je suis moins vulnérable à la faculté que chez moi. Il est probable qu'entre deux cours la lettre aurait été égarée. Sans regrets. Ce qui est passé est passé. Voilà ce que j'aurais pu penser en courant vers un autre cours, fidèle au choix stoïcien qui se situe dans la droite ligne du choix socratique et qui est diamétralement opposé au choix épicurien : « Le bonheur ne consiste pas dans le plaisir ou l'intérêt individuel, mais dans l'exigence du bien dicté par la raison et transcendant l'individu. »

Prendre de la graine, m'imprégner de ce que je professe, servir d'exemple, être sage, si mes étudiants savaient dans quel état de non-sagesse je me trouve, ils ne liraient plus les philosophes.

Ni mardi, ni mercredi, ni jeudi, ni vendredi ne sauraient me rendre aussi vulnérable. Aucun autre jour de la semaine n'aurait pu me garder entre quatre murs, collée au fond de mon placard.

Le lundi, je commence par Dionysos, le dieu du désordre et du rire, le mardi, je continue avec le rationalisme de Leibniz, le mercredi, les héros de Kierkegaard et de Nietzsche, etc. Je parle, je bouge la journée, j'ai des rendez-vous, parfois un déjeuner, j'ai des contraintes, des horaires, des cours, des soucis, des petites satisfactions, il se passe des choses, mon esprit est actif en permanence, rien ne stagne.

Le samedi, règne une atmosphère de fête, de défoulement nécessaire, tout est ouvert et personne, à part quelques étudiants malchanceux, n'a cours.

Mais on était dimanche.

Ce jour consacré au repos, ce jour anormal, ce hiatus, cette panne, ce jour arrêté dans la trame des jours actifs.

Il y a les dimanches de l'Avent, les dimanches de Carême, le dimanche des Rameaux, le dimanche de Pâques, de la Pentecôte, les dimanches à la campagne. Pas un seul dimanche pour en rattraper un autre. Rien de pire que la promenade du dimanche, que les habits du dimanche, les chauffeurs et les peintres du dimanche.

Journée des amateurs, des « pas doués », des rêveurs en tout genre.

Ce jour était maudit et incontournable.

À neuf heures trente, la famille s'en alla pour une longue journée : balade à vélo au Bois suivie d'un pique-nique et cinéma pour ne rentrer que le soir. J'y avais échappé, par chance, enfin, je croyais.

Une journée entière, seule, s'ouvrait devant moi. Retour du temps long. Malaise, à cause de l'inactivité, à cause de la rêverie, des rues désertes, des boutiques fermées.

Pas d'échappatoire.

J'allais recommencer à parler de Jules, l'obsession approchait, on ne guérit jamais tout à fait d'une obsession amoureuse, elle reste en suspens quelque part. J'en tremblais à l'avance. J'allais appeler ma grand-mère, lui demander des nouvelles de sa hanche, sans compatir vraiment, et j'embrayerais sur lui.

Les conseils de Grannie

Elle sera déçue. Je le serai plus qu'elle. Par moi, bien sûr. Il est évident que je lui demanderai encore s'il est possible qu'un homme et une femme qui ne se sont pas vus pendant des années se retrouvent. Si le petit tiroir dans lequel je l'ai rangé pouvait se rouvrir. Comment m'en empêcher ? Je reviendrai avec des exemples pour alimenter mon espoir et elle opposera son affectueuse résistance, alignera ses preuves contraires, depuis le temps elle en a fait le tour de cet homme. Elle en connaît les limites. Elle sait qu'il ne peut pas me rendre heureuse. Il était toujours où je n'étais pas et où j'aurais voulu être. Quand il partait à peine arrivé et me laissait un goût de pas assez. Il semait le désordre et s'envolait. « Et c'est ce que tu veux, retrouver un instable ? » Elle pensait pire que ça ; elle pensait : séducteur, coureur, dragueur. Mais elle ne le disait pas.

Lorsque je n'avais pu le rejoindre en Italie, parce qu'au lycée on ne faisait pas le pont et que j'en avais été malade de déception, elle m'avait dit : « Tu vas briller par ton absence. » Cela signifiait donc que, auprès de Jules, les femmes s'usent à trop le voir ? Qu'aucun amour n'est assez grand pour survivre à la présence continue ?

À l'entendre, je devais me réjouir d'avoir manqué l'eau claire et les ruines romaines du nord de l'Italie.

Il m'aimait absente ? Était-ce possible ? Donc, il ne m'aimait pas.

Ma grand-mère avait aussi soutenu la thèse inverse, elle avait dit : « Quand il te verra, il deviendra fou de toi. » Elle s'adaptait aux circonstances. Une seule continuité : quoi que je fasse, où que j'aille ou que je n'aille pas : j'avais raison. Ma grand-mère perdait son bon sens, son sens critique, par amour. J'avais fait d'elle une girouette.

À cause de moi, ses conseils ne valaient plus grand-chose et je ne pouvais pourtant pas m'en passer. Il y a si peu d'êtres sur terre qui ne vous jugent pas, devant qui l'on peut se montrer faible, idiot, misérable, amoureux, et qui n'en profiteront pas. Seuls les premiers conseils de ma grand-mère avaient de la valeur. Par la suite, je l'avais tellement manipulée que ses réponses, négatives ou positives, me semblaient être les miennes, sorties de sa bouche.

À court d'arguments, j'allais chercher l'exemple de ce couple qui s'était remarié après avoir divorcé, de cette femme qui avait déclaré sa flamme à un homme qui ne lui adressait pas la parole. Cela s'appelle « un retour de flamme », non ?

Toujours le feu.

Il y avait aussi cette violoniste qui m'avait raconté qu'elle avait renoué avec cet autre violoniste cinq ans après leur rupture. Pas dix ans. Oui, je sais, dix ans, c'est plus long.

Mais pourquoi ne pas innover ? Imagine, grand-mère, que malgré les ans, la petite étincelle brille au fond de la poitrine, n'est-ce pas la preuve d'un grand amour ? Cette fois, mon raisonnement est imparable, tu ne peux qu'abonder dans mon sens, non ?

Tu n'as pas répondu à cette démonstration.

Tu as dit : « Les apparences peuvent être trompeuses. »

Parfois, je t'acculais dans tes contradictions et tu me regardais comme si tu trouvais que j'exagérais.

J'exagérais.

J'exagère toujours. Rien n'a changé, rien ne changera jamais.

Tu ressembles à une mère qui ôterait tous les ustensiles tranchants autour de son enfant, de peur qu'il ne se blesse. Tu as enlevé tous les mots qui meurtrissent, qui mutilent, qui écharpent. Les mots dangereux et coupants comme une lame, tu les as éloignés.

Tu disais :

– Vas-y, profite de la vie.

Tu disais :

– Il t'aime, comment pourrait-on ne pas t'aimer ?

Tu disais :

– Il viendra.

Et tu ajoutais :

– Ma tête à couper.

Tu disais :

– Il appellera : ma main au feu.

Il a brûlé tes mains, a fait rouler ta charmante petite tête aux cheveux blancs sur la moquette maintes fois. Mettre ton poids dans la balance ne servait à rien. Rien ne servait à rien et il se fichait de tes mains et de ta tête autant que des miennes.

Alors, les offrandes ont pris fin et tu es devenue plus pragmatique :

– En amour, il n'y a que des preuves.

– Et ?

– Et il ne t'en donne pas...

– Je ne te le fais pas dire.

Souvent, je me suis demandé si ma grand-mère ne savait pas quelque chose de la vie de cet homme pour être aussi réticente. Que pouvait-elle savoir ? On lui aurait dit qu'il était un bourreau des cœurs, qu'il collectionnait les femmes, les cumulait, les superposait et slalomait entre toutes ses vies comme un champion de ski entre les bosses d'une piste noire. Qu'avait-on dit à ma grand-mère, à quels racontars, bavardages, potins avait-elle prêté l'oreille ? Du coup, elle exigeait des preuves. Banal. Nous en étions là, acculées à énumérer les preuves. Autant dire qu'il n'y en avait pas des masses. Le travail de mémorisation ne représenta pas un effort colossal. Combien de preuves ? deux, trois ? Dire à une femme : « J'ai peur parce que je vais t'aimer », est-ce le signe d'un amour naissant ? Renifler ses dessous dès qu'elle a le dos tourné, lui montrer une cicatrice au genou et lui raconter comment, à cinq ans, il est tombé d'un cerisier, est-ce que ce sont des signes ?

« Des signes ? Plutôt des miettes ! » avait laissé échapper ma grand-mère.

Des miettes, pas des preuves, il faut en convenir.

Je me nourrissais donc de miettes, de bribes, de peu, la rêverie se chargeait d'arrondir les angles là où la matière manquait. J'étais un oiseau, un oisillon, je picorais. Ma grand-mère avait de l'appétit pour deux. Toujours le retour, rien de gratuit dans cette vie, même en amour. Qu'est-ce qu'elle redoutait, ma grand-mère ? Quelle peine transposait-elle ? La crainte, toujours la crainte d'être laissée pour compte, d'être ridicule, d'être seule à embarquer sur la croisière de l'amour.

Le mot « miettes » avait suffi à me donner la mesure de l'incrédulité de ma grand-mère au sujet de Jules.

Le mot lui avait échappé comme un lapsus sur le divan du psychanalyste. Mais je n'avais besoin d'aucun acte manqué pour connaître les pensées secrètes de ma grand-mère.

J'espérais qu'elle jouerait le jeu encore un peu, que l'on se duperait tendrement, sinon j'en serais réduite à consulter une voyante ou un astrologue pour continuer. Pourtant, l'avenir me m'était pas inconnu et des illusions, j'en avais à revendre. Elles me berçaient : c'est le mot. Les formules toutes faites ont leur raison d'être quand le registre de la logique, des analyses, est épuisé, banni pour inefficacité.

Elles ont un côté brutal :

« C'est du réchauffé, tu n'en as pas assez, de cet homme ? »

Cela voulait dire qu'à ma place, tu en aurais eu assez. Évidemment, personne ne te menait en bateau, toi. Les hommes s'étaient succédé dans ta vie plus qu'ils ne se succéderaient dans la mienne.

Très tôt on a la perception de ces choses-là. Deux maris, puis ce fut l'ère des amants cachés... n'est-ce pas ? Rire coquet, regard plein de réminiscences : « Je ne regrette rien. Les hommes détestent les victimes, rien n'est proportionnel dans cette histoire ; celles qui souffrent le plus n'emportent pas forcément le morceau, c'est souvent le contraire. »

J'avais choisi la mauvaise voie. Ma mère avait dû me léguer cette âme d'infirmière, cette ridicule propension à m'attacher. Quitter m'avait toujours été insupportable, quitter des amis avec qui j'avais passé le week-end, quitter une classe, un studio, Paris, l'école, la fin des vacances : ma vie était une déchirure perpétuelle. J'entassais les vêtements démodés, les livres des années passées, les cahiers d'écolier, les dessins, les ours en peluche, les vilains cadeaux, les brouillons aussi. J'étais sentimentale et, jusqu'à preuve du contraire, cela ne s'opère pas. Je conservais au lieu de jeter, racheter, reprendre, retrouver, recommencer. Ma grand-mère et moi nous nous étions trompées d'époque, j'aurais été plus en harmonie en son temps, elle dans le mien. Je me laissais gentiment insulter. « Du réchauffé ! » Les expressions contemporaines sonnaient mieux dans la bouche de ma grand-mère que dans la mienne. De toute façon, elles ne traversaient pas mon esprit. Puis, j'aimais les plats recuits. Les ragoûts confits, imbibés, caramélisés. Le plat de la veille a toujours plus de saveur. Les hommes mûrs aussi.

Désespérante... j'avais du mal à t'entendre, j'étais enfermée dans mon monde ; être amoureux, c'est peut-être ça, être enfermé.

J'aurais aimé en sortir, je te poussais plus loin pour que tu y parviennes. Et moi, insatiable, moi obnubilée, transformée par la douleur, rendue égoïste, je voulais que tu fasses des miracles, que tu trouves le mot, la baguette magique, qui me désenvoûterait.

Défi d'amour d'un côté, sauvetage de l'autre. D'un côté, la barque coulait, de l'autre, elle était insubmersible. À qui je devais ce foutu caractère ? Mis à part ces lapsus, tu te contrôlais. Tu m'avais toujours un peu menti, tout en prodiguant qu'il ne fallait jamais mentir aux enfants.

Les théories sont faites pour les livres, pas pour la pratique.

Tu avançais à petits pas prudents, chère rusée, tu avais peur de me blesser, tu savais, pour y avoir passé des nuits quand j'étais petite, combien un mot pouvait me contrarier, un adverbe de trop et j'étais balayée du monde des vivants.

Alors, quand une formule ou même un malheureux adjectif t'échappait, tu effaçais les mots que tu venais de prononcer en disant : « Je ne sais pas pourquoi j'ai dit ça. Non, je ne le pensais pas. » En fait, tu ne savais plus à quel saint te vouer. Tu étais prête à te contredire, te trahir, à gommer, t'excuser, revenir, marche arrière, retour à la case départ, à n'importe quelle case pour me sauver. Ta petite-fille ne devait pas souffrir, tu étais prête à n'importe quel mensonge pour m'apaiser et, parfois, avant que je m'endorme, tu me soufflais à l'oreille :

– Il t'aime, j'en suis sûre.

– Comment le sais-tu ?

– Je le sais.

Et je m'endormais, apaisée, un temps, une nuit, le temps d'une nuit.

Il t'a fait mentir.

C'est peut-être ce qui me désole le plus dans cette histoire. Il a attenté à ta magie.

Il nous a blessées toutes les deux. Toi qui ne le dis pas, et moi qui le dis. Tout ce qui me touche te touche. Nous sommes siamoises. Quand je récoltais les félicitations, c'est toi qui te pavanais, j'aurais eu le bonnet d'âne, tu aurais préféré le porter à ma place.

À peine réveillée :

– Tu penses toujours ce que tu m'as dit hier au soir ?

À t'entendre, il ne se manifestait plus parce qu'il m'aimait trop. Alors, tu raisonnais à l'envers, tu prétendais que c'était facile d'être poli, de répondre, de dire, d'aller dîner avec une femme, surtout quand elle était belle, c'était beaucoup plus difficile de ne pas l'appeler. Il résistait parce que ce n'était pas anodin, parce qu'il avait peur. Beaucoup d'hommes avaient peur de l'amour.

Je n'en croyais pas un mot, toi non plus, je suppose. Acculée, tu sophistiquais ses raisonnements, les tordais comme un drap que l'on essore. Tout ce qui venait de toi était bon à entendre.

Un jour, à bout de forces, tu m'as dit : « Tu vas me faire mourir d'épuisement, ma petite. »

Pardon Grannie.

À ma place, elle aurait réglé ses problèmes seule, elle n'avait besoin de personne pour l'aider à résoudre quoi que ce fût. Il y avait une horloge en elle qui lui indiquait ce qui était bon et ce qui était mauvais pour sa santé et son moral, elle ne se serait pas laissé embarquer vers des sentiments incontrôlables, elle n'aurait pas aimé se perdre : « L'amour sert à se trouver, pas à se paumer. » Grannie était sous contrôle. À part moi, personne ne l'emmenait où elle ne voulait pas aller.

Elle acquiesçait en riant, comme si elle aimait ça :

– Tu me mènes par le bout du nez !

Et moi :

– Lui, pas moi.

Elle :

– Pas pour l'instant, un jour, il sera plus malléable, tu verras, tu y parviendras et tu pourras dire que tu t'es bien entraînée sur ta pauvre grand-mère.

Moi :

– Sur un autre peut-être, bien que ce ne soit pas le but, pas sur lui. Les relations demeurent ce qu'elles ont été dans les premiers instants d'une rencontre.

Elle préférait ne pas en convenir.

Elle :

– Raconte-moi le premier instant de votre rencontre.

Moi :

– Rien d'ostentatoire, de l'extérieur on aurait pu dire qu'il s'agissait d'une attirance mutuelle, un de ces rendez-vous qui font les futurs amants tout simplement, de l'intérieur, rien n'était évident. Nous nous sommes rencontrés dans le Midi, il s'est avancé vers moi, il a dit des mots ridicules, il a dit que les roses autour de nous étaient rouges, mais qu'être amoureux, c'était changer la couleur des choses, qu'il les voyait bleues, ces fleurs, comme mes yeux. Puis, imperceptiblement, il a reculé, je ne peux pas dire en quoi ce recul s'est manifesté, mais je peux t'assurer que dans sa tête les choses s'organisèrent ainsi. Et moi, j'ai marché parce qu'il avait commencé, pour aller voir, parce que l'on ne peut promettre et ne pas tenir, par incrédulité, par esprit logique, par naïveté. Je ne sais pas trop pourquoi je me suis fait avoir. Les roses étaient un piège, elles avaient des épines. J'ai plongé parce que c'était le moment, le fameux timing, il était en plein dans mon timing, dans le moment de disponibilité, le moment où je n'envoie pas balader, où je ne bêche pas, je ne mords pas, je suis calme. Un tour de passe-passe et il avait inversé les rôles.

Caro, caro, maestro !

– On prend le thé.

Elle avait envie de changer de sujet, alors elle lançait un ballon d'essai, le thé par exemple. Mais comme je ne suivais pas, elle revenait vite sur ses pas. Je ne pouvais parler que de lui, c'est peut-être ça, être amoureux. Jules à toutes les sauces, Jules dès que j'avais un instant de libre, Jules au petit déjeuner et au dîner, Jules au téléphone et de vive voix, Jules de toute façon et de toutes les façons. Jules, dont je ne me lassais pas de parler parce qu'il n'était pas achevé : « À quoi sert de vouloir résoudre les problèmes insolubles ? Mieux vaut ne pas y penser. » Toujours la même rengaine. À croire que ni ma grand-mère ni mes amies jamais n'avaient été amoureuses. C'était justement ce que je ne savais pas faire : ne pas y penser. La différence entre les gens heureux et les autres résidait là.

Les passions qui se vivent se passent de commentaires. Je ne dérogeais pas à la règle. On tait plus facilement ce qui existe. Jules nous laissait des énigmes, des sujets, des problèmes, c'était sa façon d'être présent-absent.

Et alors qu'enfin j'en étais venue à bout, le fantôme sortait d'un placard. Un dimanche matin de surcroît. Je retourne dans mon couloir de prisonnier avec l'impression que jamais je ne pourrai en sortir. Le téléphone n'est pourtant pas très loin, à deux mètres, posé dans le petit salon qui jouxte le corridor. Il suffirait d'appeler ma grand-mère, pour me libérer du poids qui pèse sur ma poitrine. Mais je ne me sens pas le courage, elle hurlerait : « Pas lui ! »

Un dimanche du mois de décembre, alors que la terre continue de tourner, un cataclysme bouleverse ma vie, une lettre, venue d'une autre planète et qui pesait lourd de sens, est tombée sur ma tête. Grannie, insouciante, doit s'apprêter à sortir, un tournoi de bridge ? Attends, Grannie, j'ai quelque chose à te dire : devine ?

– Quoi ? dirait Grannie, encore en paix.

Puis, lâcher le morceau. Je n'avais pas le culot ; non, pas le cran de lui avouer dix ans après que je ne m'étais pas comportée exactement comme elle me l'avait conseillé, que j'avais désobéi, un peu, une toute petite dérogation, et que j'étais punie.

Jamais le dimanche

Ils plaisaient bien à ma grand-mère, les romanciers italiens, Alessandro Baricco, surtout. « Trente ans de moins et je me serais arrangée pour le rencontrer. Trente ? Qu'est-ce que je dis, vingt ans de moins et... » Elle aimait jouer à se projeter dans le passé, ma grand-mère, mais ces petits jeux étaient plutôt destinés à me signaler un homme quand elle en trouvait un séduisant. Dans son langage à elle, cela voulait dire : « Ouvre les yeux. » Elle les ouvrait pour moi, elle était capable de tout, sauf de faire revenir Jules.

Je cherche dans ma mémoire une situation similaire. Mais une histoire aussi saugrenue ne se rencontre pas deux fois dans la vie. Pas d'autres exemples. Mis à part cette fois où, à la suite d'un message sibyllin dont Jules avait la spécialité, ma grand-mère s'interrogea : « Quel jour sommes-nous ? » Nous étions dimanche. Elle fut prise d'un mouvement de recul et, le doigt pointé comme s'il s'agissait d'un ordre, elle exulta : « Jamais le dimanche. Souviens-toi, on n'entreprend jamais rien d'important un dimanche. Attends lundi, ta vision du monde sera différente, tu n'auras peut-être même plus envie de le rappeler. »

Elle me dirait la même chose aujourd'hui.

Longtemps, je n'ai pas compris pourquoi les dimanches étaient si vains. J'avais fait l'expérience des nuits avant celle des dimanches. J'ai su que les émotions sont décuplées la nuit, elles se métamorphosent, les états d'âme aussi sont amplifiés, un simple désaccord peut virer au drame, une petite dispute à la rupture. Cette fois-là, je ne l'avais pas écoutée. Je m'étais laissée aller à palabrer, argumenter. Après minuit, insidieusement, j'étais devenue une autre. Une mégère. Mes humeurs m'ont débordée, j'ai renversé un vase, jeté par la fenêtre une montre à laquelle je tenais. La nuit avait pris possession de moi.

Ce dimanche matin, malgré le froid lumineux d'un jour d'hiver, ressemble à une nuit. Il rôde une ambiance bizarre, dehors tout est atone, morose, inhospitalier, le froid est entré par la fenêtre et dans ma tête.

Aucun bruit ; de temps à autre, l'accélération d'une voiture, comme sur un chemin désert à la campagne. En bas, l'enseigne lumineuse de la pharmacie est éteinte, le kiosque à journaux a rabattu sa toile en plastique sale. Tout est cadenassé, barricadé, verrouillé. Mon humeur ressemble à la rue, à Venise en novembre, la tristesse flotte dans l'air comme un virus. Je titube. Dimanche est contagieux. Au loin résonne le clocher de l'église. Même le timbre du bourdon a changé. L'angoisse fait son nid. La dépression dominicale pointe le nez.

« On a toujours intérêt à remettre une décision au jour suivant, prendre son temps, réfléchir... »

Elle m'avait demandé de ne pas ouvrir la lettre, de laisser tomber, de le faire pour elle, si je ne le faisais pas pour moi.

Fallait-il qu'elle redoute son contenu ! Nous en étions là aux solutions extrêmes. Elle disait des choses simples et logiques que j'avais du mal à entendre, elle disait : « Il connaît ton adresse, s'il est décidé, il enverra une seconde lettre. » Elle considérait cela comme un examen de passage sévère. Si elle devait livrer sa petite-fille à Jules, il devait montrer patte blanche. Les pattes de Jules étaient brunes. Pas de seconde lettre. C'était prévisible. Ni la distance, ni l'éloignement, ni le silence ne l'avaient débusqué. Rien.

« Alors, laisse tomber, ce type n'est pas pour toi. » Ces mots furent accompagnés d'une légère grimace de dégoût dont je me souviens trait pour trait. « Je ne sais pas ce que tu lui trouves. Moi, il ne me plairait pas. »

La technique consiste à amoindrir le sujet pour provoquer l'éloignement : « Il a de gros yeux... » Voilà ce qu'elle pouvait dire ma grand-mère.

– Tu ne le connais pas.

– Si, je l'ai vu une fois alors qu'il partait de chez toi, devant la cage d'ascenseur. Je sortais, il entrait, cela laisse du temps pour examiner quelqu'un : les lunettes sur la tête, le pull noué façon décontractée autour du cou, quelle désinvolture ! Non, vraiment, ce n'est pas mon genre.

Et elle pouvait dire pire encore en me regardant par-dessus ses loupes, la coquine... Maligne, elle savait que je l'admirais, alors elle avait tenté une des expériences de la dernière chance, l'expérience mimétique, la phase trois, juste avant le renoncement, l'opération extraction. Elle plissa le front, ferma les yeux, finit par ressembler à une sorcière en pleine séance d'exorcisme, ma si douce grand-mère :

– On dirait une libellule !

Alors je me levai, furieuse moi aussi.

– Laisse les insectes tranquilles, qu'est-ce que tu as contre les libellules et les Espagnols ? Ton chagrin d'amour, celui qui est verrouillé au fond de toi à triple tour, c'était qui ? Un Espagnol qui ressemblait à une libellule ?

Elle ne releva même pas, l'important n'était pas sa libellule.

– Sors-le ! Sors-le de ta tête.

Elle aurait pu tout aussi bien employer des termes d'accoucheuse : « Pousse, pousse, allez, pousse, encore un effort, on y est presque. » Mais on n'y était pas du tout, c'est beaucoup plus difficile de sortir un homme de sa tête qu'un bébé de son ventre. « Chasse-le de ta tête », et elle accompagnait ses paroles d'un geste énergique.

Pas d'autre solution que de gagner du temps, de gagner un jour de plus sans humiliations. Repousser. On verra demain. Demain est revenu, ce fut un dimanche une fois encore.

Première apparition de la lettre

La concierge avait glissé la lettre sous ma porte. Sur la moquette, un angle bleu ciel dépassait, à peine visible. Une lettre ?

Je m'accroupis : à mesure que je tirais sur le coin de l'enveloppe, je découvrais ces mots : *À INDIANA, DE LA PART DE J. PERSONNEL.* L'initiale de son prénom en guise de signature, pas même le prénom en entier. Il donne peu.

Ma première réaction ne fut pas de la joie, comme cela aurait dû l'être, mais de l'inquiétude. Il y avait quelque chose d'anormal dans cette lettre inattendue. Ma grand-mère prétendait que la première impression est toujours la bonne.

Nous nous étions quittés la veille, après un dîner dans un restaurant de quartier où nous avions nos habitudes. S'il avait quelque chose d'important à me dire, pourquoi ne me l'aurait-il pas confié, à l'éclairage des chandelles de ce petit bistrot italien ? Toujours la fameuse lâcheté des hommes, cette lettre ne présageait rien de bon.

Longtemps, avant de m'endormir, j'ai revécu cette dernière soirée. Voulait-il partir sans se retourner, sans risquer une discussion qui l'affaiblirait, juste partir ?

Partir dans le mouvement, partir en continuant, partir sans rupture.

Le contraire était improbable. Pourquoi un homme se priverait-il du moment délicieux où il invite la femme qu'il aime à partager sa vie ?

Nous sommes rentrés chez moi et, sans prendre la peine d'allumer les lumières, il a commencé de me déshabiller dans le corridor, je me suis un peu cogné le genou contre une table basse, il s'est baissé pour l'embrasser : « Tu n'as pas mal ? »

Nous avons continué d'avancer vers la chambre, moi à reculons, tandis que lui me guidait dans la pénombre. Il m'a allongée sur le lit et a commencé à me faire l'amour. Il enfouissait son nez dans mon cou, sous mes cheveux. Je l'adorais.

On a dû s'endormir vers trois heures du matin. À mon réveil, il n'était plus là.

J'avais transporté la lettre jusqu'à mon bureau avec autant de défiance qu'une grenade dégoupillée. Je ne l'avais pas ouverte, alors que je suis d'une nature plutôt curieuse, que j'ouvre mon courrier debout dans l'entrée, que je déchiquette les enveloppes avec les dents s'il le faut, que j'arrache les emballages des livres et des cadeaux au couteau quand il m'arrive d'en recevoir. Cette fois, aucune précipitation, je n'ai rien ouvert, cela m'était impossible. Je m'en suis plutôt éloignée. J'ai arpenté mon appartement, de long en large. Comme il n'était ni très long ni très large, je tournais en rond. Un lion dans sa cage dont la marche répétitive devait m'aider à trouver une réponse logique à la question : Pourquoi un homme, qui n'écrit jamais, prend soudain la plume ?

Ma grand-mère désapprouvait, mais sans le soutien qu'elle se sentait obligée de me prodiguer à cause de mon obstination, il m'aurait été impossible de fréquenter un homme aussi versatile. Depuis le début de notre liaison, je l'avais impliquée. Sûrement parce qu'il ne donnait pas assez, j'avais eu besoin d'elle pour compléter la déficience de mots, de temps, de complicité. Il est probable que, sans ma grand-mère, cette relation n'aurait pas tenu aussi longtemps. Pas trois ans.

Il était impensable qu'à un tournant aussi capital de ma vie affective, je la tienne à l'écart.

Je l'ai appelée. Le regard fixé sur la lettre, je l'ai attendue. Je connaissais l'écriture de Jules pour l'avoir vu, par-dessus son épaule, griffonner quelques mots sur son agenda ; pour avoir reçu, alors que nous étions au même dîner mais trop éloignés pour nous parler, un petit mot écrit sur un bristol : « J'ai hâte d'être à tout à l'heure. » Rien de très flatteur, le dîner était ennuyeux.

Mais aucune lettre, en bonne et due forme, ne m'avait été adressée jusqu'ici.

Que se passait-il ?

Rien de bon, selon ma grand-mère :

– Ne touche à rien, j'arrive.

La séance de déminage allait commencer.

Cette visite devait sceller mon destin.

Elle a sonné deux fois à l'interphone, pressée, puis elle a tapé avec son poing derrière ma porte, énergique.

Oui, pressée et énergique, c'était ça.

Rien d'inhabituel dans cette manière de faire irruption. Son tailleur sombre, aubergine foncé si je me souviens bien, ressemblait à ceux qu'elle revêtait pour se rendre au bureau les jours de conseil. Son regard, habituellement attentif au mien, m'évitait. L'heure était grave, ma grand-mère avait toujours redouté la subjectivité :

– En affaires, il ne faut pas faire de sentiments.

– Mais il ne s'agit pas de business !

Elle était concentrée comme autrefois, quand elle venait m'aider pour mes problèmes d'algèbre ou de géométrie.

– Montre ! ordonna-t-elle.

Elle observa la lettre avec méfiance. Puis la soupesa, sans la quitter des yeux. À la regarder, on aurait pu croire qu'elle lisait à travers l'enveloppe. Après un moment, elle remua la tête en signe de négation :

– Non, dit-elle.

– Non quoi ? Non, il ne faut pas l'ouvrir ? Mais pourquoi ? S'il m'écrit, c'est qu'il a quelque chose à me dire !

Encore le balancement muet, encore le signe de négation.

Moi :

– Il m'écrit pour me dire quoi ?

Elle :

– Rien de bon.

Le couperet était tombé.

Je me suis laissé guider comme une vaincue puisque je l'étais.

Elle :

– Si tu ne redoutais pas le contenu de cette lettre, tu ne m'aurais pas appelée, tu ne m'appelles pas chaque fois que tu reçois une lettre ? Tu l'ouvres, tu la lis, tu y réponds ou pas, c'est tout...

Pourquoi me disait-elle cela ? Elle doutait, m'appelait en renfort ? Les conseillers ne devraient montrer aucune faille.

Et si elle se trompait, si la lettre ne contenait rien de diabolique, au contraire ?

Mais il était trop tard pour penser qu'elle pouvait se tromper, qu'elle n'était pas infaillible, qu'elle ne lisait pas au travers des enveloppes, qu'elle n'avait aucun don de voyance, qu'elle n'était pas un ange, ni un dieu, ni une reine, ni une sorcière, ni un devin, qu'elle pouvait faillir et me blesser en voulant me protéger. Qu'elle était juste une grand-mère avec un cœur de mère haut jusqu'au ciel. Non, je ne pouvais pas penser une telle chose ou je devenais folle.

– Il faut détruire cette lettre sans la lire, crois-moi. Ne prends pas le risque des mots empoisonnés. Je ne veux pas que tu connaisses la cruauté de la main qui t'a caressée. C'est inimaginable, la réalité peut ressembler à une mauvaise farce. On reste incrédule, un temps avant que les mots prennent leur vrai visage. Il y a une différence entre les entendre et les lire. Dans le premier cas, il est permis de répondre, argumenter, se défendre ; dans le second, aucune réplique n'est possible, la décision a été prise sans toi, en dehors de toi, tu n'as rien à dire, rien à rajouter, on se fiche pas mal de ce que tu penses. Pas de seconde chance. C'est un licenciement, pas une rupture. Tu encaisses, désarmée, les phrases comme des rafales en plein ventre.

À ces mots, les larmes lui montèrent aux yeux.

Moi :

– Chaque histoire est différente...

Elle :

– La vie est un éternel recommencement.

Moi :

– Ça t'a fait si mal... ?

Elle :

– Un jour, j'ai ouvert, par mégarde, une lettre qui ne m'était pas destinée parce que j'avais reconnu l'écriture de mon fiancé. En quelques mots, il expliquait à mon amie et colocataire qu'il avait rencontré une danseuse au Venezuela, une femme plus âgée que moi et moins jolie dont il était tombé amoureux. J'ai lu, écrit noir sur blanc, qu'il ne rentrerait pas en France pour m'épouser. Il la chargeait de m'en avertir, et s'en excusait, parce qu'il n'en avait pas le courage. Il parlait de moi à l'imparfait et de la danseuse au présent ; c'était affreux, ces deux temps tout au long de la lettre. Longtemps l'horreur des détails pernicieux du désamour et de la trahison m'a poursuivie. Des mots sont restés : certains mots restent plus que d'autres ? Je ne sais plus à quel propos il avait employé dans sa lettre le mot « jupons ». « Jupons », les siens, ceux de sa danseuse, probablement. Le mot me tortura des nuits entières. J'étais devenue jalouse à mourir d'un mot. De ce mot sous sa plume, sur sa feuille, dans sa bouche, et sûrement entre ses bras. Je ne pouvais plus voir un tutu, même pas en bronze à l'exposition Degas, sans qu'un coup de poignard ne me transperce le cœur. Cette féminité qui le réjouissait quand la mienne n'y parvenait plus, me rendait amère et incertaine. Il y avait aussi d'autres mots pour m'envoyer en enfer. Il y avait inscrit, en haut à la droite de la lettre, le nom de la ville d'où il écrivait : Caracas.

» Caracas ! Que faisait-il à Caracas ? Pourquoi était-il parti sans m'en avertir ?

» Il écrivait de loin. Il évoluait dans un endroit que je ne connaissais pas et que je ne connaîtrais jamais.

Mon imagination allait bon train ; je les voyais, enlacés dans une boîte de nuit, la danseuse et lui, se trémoussant au rythme des bossas-novas. Je les entendais rire, je les sentais heureux, et moi, pauvre idiote, loin de la fête, loin du dépaysement, loin de l'exotisme, de la féerie, loin de toute façon, abasourdie debout derrière une porte, la lettre à la main.

» Le courrier est la marque de l'éloignement physique, souvent moral, à notre époque, on envoie plutôt un SMS pour dire “je t'M”, non ?

» Tu veux lire cette lettre ? Tu vas recueillir une pensée, une intention, pas forcément celle qui te réjouirait. Il y a dans l'enchaînement des phrases, quel que soit leur sens, des mots qui tachent et qui ne s'effacent pas avec le temps.

» Prends garde à la résistance des mots écrits.

» Ils sont restés gravés dans ma mémoire. Je ne veux pas que tu traverses cet enfer. Le temps n'efface pas tout ; il atténue et il prend son temps. Oublie cette lettre, ne la regarde plus, fuis-la, s'il t'aime, il réitérera, ne prends pas le risque des mots qui marquent au fer rouge. Jette-la !

– Et si tu te trompais...

Ma grand-mère me répondit très sérieusement :

– Sur le contenu de la lettre, peut-être, je ne suis pas Madame Irma, mais pas sur le bonhomme, quoi qu'il baratine, le scénario est mauvais, n'y mets pas un orteil, les mots les plus tendres peuvent t'entraîner vers les destinées les plus ombrageuses.

– Le doute n'est-il pas plus cruel que la réalité, fût-elle négative ?

– Non. Ce n'est pas si mal, le doute. C'est joli...

– Mais comment tourner la page sans sépulture ? Crois-tu que je vais, comme ces femmes de marins, rester sur le quai toute ma vie à attendre un éventuel retour ? Je ne veux pas du doute comme compagnon de route... Je ne veux pas me torturer des nuits entières à me demander si, après tout, ses mots n'étaient pas différents de ceux que tu redoutais.

– Mieux vaut le doute à la sinistre réalité, à des mots hypocrites ou mauvais qui resteront pour toujours gravés dans ta mémoire. Le doute, c'est la fenêtre ouverte, le possible.

J'étais trop assommée pour la contredire, pour discuter plus longtemps. D'ailleurs, je ne savais plus, je ne raisonnais plus, à mesure que le temps passait, ma volonté s'étiolait, ma grand-mère avait peut-être raison. Depuis le début, je l'avais suivie, il était trop tard pour reculer. J'exécutais sa volonté, puisqu'elle était clairvoyante, puisqu'elle avait l'expérience de cette situation.

J'exécutais la volonté d'une autre, je me laissais manipuler comme l'avait été Capucine, au moment de son divorce, par sa psychanalyste. Quelqu'un prenait le pouvoir en moi, je ne m'appartenais plus, je m'abandonnais. J'avais été trop loin dans l'intimité avec ma grand-mère, maintenant j'étais devenue sa marionnette. Il était bien possible que je pâtisse de ses expériences mauvaises, qu'à travers moi elle se vengeât d'un homme, d'une lettre, qu'elle me fît agir comme elle aurait dû et n'avait pas su. Mais sur le moment, je ne pensais pas des choses comme ça, non, c'est après que le démon du doute est venu me torturer.

Plus tard, je saurais que les gens qui vous aiment peuvent aussi commettre des erreurs et qu'il vaut mieux payer pour ses propres fourvoiements que pour ceux des autres.

Je saurais aussi que, de toute façon, seules nos méprises nous servent de leçons. Je le saurais, plus tard et pour toujours.

Assise sur le canapé, un peu défaite, l'air d'un obstétricien après un accouchement, le chemisier à moitié sorti de sa jupe, les cheveux en bataille, plus chic du tout, la voix presque transformée comme si le diable l'habitait, elle m'encourageait d'un geste de la main à exécuter ses ordres : « Allez... » Une petite tape sur l'épaule qui voulait dire : « Vas-y, oui, détruis-la, oui, c'est bien. Je sais que c'est difficile, mais on est toujours récompensée d'avoir été courageuse. » Et la courageuse avançait, tel un robot, tel un zombie, trop fatiguée pour parler, trop atteinte pour se révolter.

J'ai dit :

– Pour toi.

Et elle a rectifié :

– Non, pour toi.

Je n'avais pas cette impression.

Je suis revenue sur mes pas, suppliante :

– Tu es sûre ?

Je sanglotais, j'aurais tant voulu savoir pourquoi elle m'imposait une chose aussi absurde.

– Sûre.

– Sûre ?

– Loin des yeux, loin du cœur.

– Je redoute le pouvoir de l'imagination.

– À condition de l'alimenter. On va tarir la source.

– La source est intérieure.

Et, comme j'insistais, elle répéta :

– Il y a des mots qui tuent.

Dans l'état dans lequel j'étais, je m'en fichais bien d'être morte. En fait, elle me condamnait à vivre avec un fantôme, un point d'interrogation, avec le doute pour compagnon.

Mais je ne réalisais pas, je suivais sa voix ; je ne pensais plus, j'étais assommée, investie, trop faible pour me rebeller. Je me déplaçais, telle une somnambule, la lettre entre les mains, vers la salle de bains, ma grand-mère, assise sur le canapé, surveillait le moindre de mes gestes.

Alors, je suis sortie de son champ de vision, j'ai quitté le salon pour me diriger, les bras allongés à l'horizontale, vers ma chambre.

– J'y vais, je vais la détruire...

Et sa voix en écho :

– C'est bien.

La révolte

À peine la porte franchie, à l'abri de ma grand-mère, je regardai d'un air attendri les quelques mots inscrits sur l'enveloppe : À INDIANA, DE LA PART DE J. PERSONNEL. Je commençai, le cœur battant la désobéissance, à décacheter l'enveloppe par le coin gauche, selon mon habitude. Mais, tandis que ma main tremblante déchirait le papier, les avertissements de Grannie me revinrent en mémoire et me paralysèrent. Ses menaces m'empêchaient d'exécuter ma volonté, je le voulais ardemment, je souhaitais plus que tout connaître les intentions de l'homme que j'aimais. Je ne voyais pas comment résister, c'était inhumain, impensable, malgré mon immense curiosité, quelque chose de plus fort que moi retenait ma main, j'étais sous emprise.

Je ne pouvais ni lire la lettre, ni détruire son nom tracé à l'encre bleue ; je ne pouvais pas anéantir le temps qu'il avait consacré à la rédiger, ni, qui sait ? ses quelques mots d'amour. Rien ne me permettait d'en douter. Jules n'était pas parti pour un long voyage. Il comparait les danseuses à des agitées. Du côté des petits rats de l'Opéra, je ne risquais rien. Il restait bien sûr les avocates, les conseils juridiques, les écrivains, les journalistes, les intellos, les filles à papa, les pétroleuses, les ringardes, les plus jeunes mais aussi les plus vieilles qui rassurent.

Je n'étais pas suspicieuse, ma grand-mère l'était pour moi. La veille, il s'était aperçu que mes cheveux avaient poussé, que je pouvais à présent les attacher en queue-de-cheval : Est-ce qu'un homme qui remarque la nouvelle coiffure d'une femme va la quitter ? Est-ce que le même homme pouvait envoyer, dès le lendemain, une lettre de rupture ? J'avais tourné la tête, flattée de son observation, fière de ma queue-de-cheval, afin qu'il admire l'exploit de quelques poils retenus par un élastique et trois barrettes au bas d'une nuque.

Le vent de la révolte avait soufflé. Pendant quelques secondes, je me suis crue capable de désobéir à mon ancêtre. J'ai pensé qu'il était temps que je me libère, qu'elle ne me manipulerait pas complètement, que de m'avoir élevée ne lui donnait pas tous les droits, que j'étais libre d'aimer qui je voulais et même un homme qui ressemble à une libellule espagnole. Je ne porterais pas le poids de tous les malheurs et de toutes les névroses familiales sur mon dos.

Ragaillardie par cette rébellion légère, je me suis arrangée avec ma conscience, j'ai trouvé le moyen de ne fâcher personne : je ne détruirais pas la lettre puisque cela m'était physiquement impossible – demander à un collectionneur de détruire le plus bel objet de sa vitrine –, je la cacherais pour la lire après, quand je serais plus forte et qu'elle serait partie, et je garderais le contenu, quel qu'il soit, pour moi, peut-être pour nous, pour « Jules et moi ».

Afin de simuler la destruction, j'ai laissé flotter quelques petits bouts de papier journal au fond de la cuvette des W-C, au cas où elle viendrait vérifier, et, pour parfaire mon crime, j'ai caché la lettre.

Voilà ce que j'ai fait.

J'étais dans un état second quand je suis revenue vers elle, je ne savais plus si je lui avais obéi ou pas, je savais juste que je n'avais pas lu la lettre de mon amant, que j'avais résisté, qu'elle m'avait en cela convaincue, et déjà cet acte me paraissait héroïque.

J'avais, malgré mon subterfuge, l'impression de vivre la fin de quelque chose. Je pleurais quand je me suis blottie dans ses bras, je lui ai dit :

– C'est fini ?

Elle m'a répondu :

– Non, ce n'est jamais fini. Parfois, ils reviennent les hommes et alors, tu décideras.

Je me souvins de cet acteur, un ancien amant, une vieille gloire qui courtisait ma grand-mère. Un retour de flamme ? Sans espoir. Dans un soupir, alors que nous étions en vacances près d'un lac et qu'au bar de l'hôtel nous sirotions un verre, elle m'avait confié :

– C'est fini, ma chérie. Pour moi, c'est fini. Mais

ce n'est pas triste, tu verras. C'est bien aussi quand c'est fini, c'est reposant, on ne joue plus dans le film, on le regarde.

Sa vie sentimentale s'était interrompue avec la mort de Vittorio, l'amant italien, emporté cette année-là par une pneumonie. Elle avait pleuré sa disparition, mais elle avait surtout pleuré son dernier amant.

– Le dernier amant, c'est la fin de la vie ?

– C'est une autre vie, une vie à côté de la vie, pourquoi parles-tu du dernier amant ? Il y aura une suite, tu verras.

Je préférais le mot suite au mot fin ; l'un continue le chemin, prolonge l'histoire, tandis que l'autre glace, fige, tétanise.

Et elle a posé sa petite main à la peau translucide sur ma joue. Elle m'avait accordé l'espoir, on peut tout enlever à un être humain, mais pas l'espoir. « Ma chérie... » C'est ainsi que ma grand-mère finissait toutes ses phrases.

La tête sur son épaule, je lui ai demandé si un jour encore je me réjouirais d'un coucher de soleil, de quelques pages de Rilke. Si, un jour, je pourrais le croiser dans la rue et le saluer comme une vieille connaissance, sans plus. Alors, je serais hors de danger.

Elle a dit :

– Tu ne te souviendras plus de son nom.

Langage de conseillères. Par automatisme ou par lassitude, elles finissent toutes par dire ça, les conseillères. Il arrivait à Grannie de parler comme les autres et elle riait quand je le lui faisais remarquer. Elle critiquait ma propension à me confier à mes amies et détestait que je le fasse. Par prudence ou par possessivité ? Un peu des deux. Je ne devais me montrer faible devant personne. Elle ne croyait pas à l'amitié entre femmes et déplorait la détresse qui tire des confessions que l'on peut regretter. « Tu peux m'appeler à n'importe quelle heure du jour et de la nuit, je serai toujours là. » Et en plus de ça, une vraie tombe. Qui dit mieux ?

Pas moyen de lui échapper. « L'important dans la vie est de ne jamais commettre deux fois les mêmes erreurs », avait-elle avancé un soir où elle se doutait bien que je m'étais laissée aller à quelque confidence avec Capucine : « Un jour, c'est toi qui écouteras. Et tu verras, c'est mieux. »

Grannie savait rester l'amie de ses anciens amants. Avoir pénétré le mystère de l'autre donnait des avantages. Je préférais l'amitié des femmes à celle des hommes. Ses interdictions ne m'empêchaient pas de me confier parfois, avec mauvaise conscience quand même. J'étais complice de femmes qui transformaient l'amour en amitié, tandis que je considérais cela comme un sacrilège. Cette différence sonnait la fin de quelque chose qui avait été et qui n'était plus.

Nos ruptures ne se ressemblaient pas. Il y avait dans l'éloignement un plus grand respect de ce qui avait été, pas ce côté raccommodage, recollage de pots cassés. Pas de solution intermédiaire. « Soyons amis » sonnait le glas, le retour au néant.

Jules et moi n'aurions pu être amis.

Nous n'avons pas essayé, d'ailleurs.

L'autre confidente

La sonnerie du téléphone me fait sursauter. Ma grand-mère, Christian ? J'écoute le répondeur : « C'est Capucine. »

Est-ce que je peux garder son chien, elle part avec son mari le week-end prochain. Ils se sont réconciliés. Ils s'étaient fâchés à cause d'un tissu prune posé sur les murs du salon auquel il ne croyait pas et qui s'est révélé une réussite. À cause aussi de cette photo d'artiste des Twin Towers, achetée avant le drame et qui a pris de la valeur juste après. Du coup, il l'admire. À quoi tiennent les choses !

Je ne lui ai pas demandé conseil au sujet de la lettre. Je ne le pouvais pas.

Il y a des jours où les avertissements de ma grand-mère me reviennent, envahissants. Je n'ose plus me confier à Capucine. De toute façon, le bonheur rend sourd. Longtemps, mon secret m'a éloignée des autres et voilà qu'il réapparaissait et la sensation d'isolement avec lui. Je vais garder le beagle de Capucine parce que j'adore les chiens et que j'ai perdu Mousse au Chocolat. Je ne suis pas une bonne amie pour ça. Est-on une bonne amie quand on a passé dix ans de sa vie à écouter sans jamais se confier ? Mis à part Capucine, je n'ai rien dit à aucune autre de mes amies de la petite musique sans théâtre, ni spectateurs, qui jouait dans ma tête. Ne pas partager, induire en erreur, présenter des fausses pistes jusqu'à la comédie du bonheur. Certaines de mes amies ont aimé une autre que moi, elles ont aimé celle que j'aurais voulu être. Celle que j'étais était trop blessée pour la mettre dans toutes les mains. Je la réservais à Grannie et à Capucine. Elles seules m'aimaient assez.

Capucine a le même âge que moi, trente-huit ans, une sorte de gémellité nous unit. J'avais besoin de connaître son avis : A-t-on rompu quand on ne s'est rien dit ?

Le silence est une réponse.

Le silence est devenu bavard quand Jules s'est éloigné.

Grannie et Capucine en ont été les traductrices. Le problème était que leurs interprétations divergeaient. Elles n'entendaient pas les mêmes choses. Deux sons de cloche résonnaient désormais dans ma vie, l'un modéré, l'autre pas. L'un m'encourageait à agir, alors que l'autre me retenait. J'étais écartelée, je ne savais plus qui croire ni que penser. Avec le temps qui passait, Jules s'estompait, et pourtant la sensation de tiraillement s'accroissait.

Capucine prétendait que, même quand elle était amoureuse, son esprit pouvait s'évader auprès d'un autre homme, que c'était normal, que l'esprit peut contraindre le corps à être fidèle sans l'être pour autant. Nos pensées sont scélérates, elles s'échappent.

Être amoureux, c'est tout ramener à soi.

Application immédiate : nos esprits ont dû se rencontrer, mais pas au moment le plus opportun. Je me souviens, le cœur serré, avoir pensé à lui quand Christian me passa la bague au doigt et de me l'être reproché. Mais c'était ainsi. Il était là et pas là.

Désormais, plus aucune joie ne pouvait être complète.

Il est impossible qu'en dix ans Jules et moi n'ayons pas, au même moment, pensé l'un à l'autre, que je ne sois pas apparue dans une situation rocambolesque, que mon visage ne se soit pas dessiné, je ne sais pas, au moment où il se penchait pour embrasser le ventre d'une femme, ou pire encore.

Les histoires se reconstruisent d'elles-mêmes, à l'ombre d'un ouvrage, d'un peu de recul, d'une réflexion. Les événements sont dirigés, manipulés avec plus de facilité que dans la réalité. Quoi que j'écrive, je parlais de lui. Tout ce qui entrait dans mon ordinateur le concernait. Parfois, ma grand-mère déplorait ces heures passées devant la « machine », comme elle l'appelait, peut-être parce qu'elle pressentait que, derrière l'écran, je le rejoignais : « Tu vas devenir myope et bossue, la compréhension est une manière de s'éloigner des choses sans les quitter. »

Peut-être voulait-elle que je devienne une de ces femmes futiles qui oublient dans la légèreté et qu'ainsi je venge ses années de labeur. Prendre le temps de vivre, elle n'avait pas pu alors qu'elle aurait su.

Je l'avais toujours entendue dire, avec une pointe de fierté, qu'elle n'avait pas le temps d'aller chez le coiffeur, qu'elle se coupait les cheveux avec des ciseaux à ongles, et moi, pour combler ces frustrations, je devais avoir les ongles vernis et des rayons de soleil dans les cheveux. Elle voulait me construire dans l'opulence, oublier le manque, oublier qu'il est souvent un meilleur professeur.

Une peine de cœur qui m'a ouvert le chemin de la chaire de philo. « J'avais changé de chaire », m'avait dit un psychanalyste. Je m'étais moquée. Il existe des passions de compensation, de substitution. J'ai sombré dans le travail comme d'autres dans l'alcool ou les barbituriques. Au bout du tunnel, il me resterait quelque chose qui lui ressemblerait, comme un enfant de l'esprit.

Le brunch du dimanche

J'ai déménagé deux fois depuis le jour où la concierge de l'immeuble de la rue de la Faisanderie a glissé l'enveloppe bleue sous la porte. La lettre a choisi un chapeau d'été en hiver pour réapparaître. Pas étonnant. Son expéditeur était fantaisiste. Dommage, la lettre avait fini par transporter les mots que je voulais entendre.

Quels mots ?

Des choses bonnes à lire.

Ces choses qu'il n'avait pas su dire. Mon imagination s'était arrangée ainsi et ma prudence aussi. Tant mieux, même si je n'y croyais pas vraiment à ces choses bonnes. Si j'y avais cru, je l'aurais ouverte. Logique.

La lettre m'observe. Être observée par une lettre, quand on est seule dans un appartement, un dimanche, ne présage rien de rassurant. Je suis assise dans le couloir qui me tient lieu de dressing, sous l'étagère tapissée d'un tissu à fleurs, face à une lettre qui me regarde et qui me parle.

Étrange.

Elle dit : « Cela ne se fait pas de ne pas m'ouvrir, quelle arrogance, quelle outrecuidance ! moi, une lettre de Jules ! » Elle n'en revient pas, la lettre. Je me méfie des apparences, des papiers vélin, des pleins, des déliés, des encres de Chine, bleues du ciel ou profondes comme la nuit. La main qui vous avait tracés appartenait à une personne avare de déclarations, je ne peux imaginer par quel miracle soudain les mots de cette lettre auraient pu être cléments.

L'écriture traduit une pensée réfléchie, non ? Une fois l'enveloppe ouverte, les mots seront sans appel, gravés, incontournables. Les faiblesses, les hésitations, les silences ne s'écrivent pas. Impossible de lire autre chose que ce qui est inscrit.

« Lisez-moi », semblait supplier la cruelle.

Pas maintenant... ma vie était devenue presque calme. Quand on a réchappé à la tempête, on demeure prudent.

Une lettre n'existe que si elle est lue.

Une lettre qui n'est pas lue n'est pas une lettre à part entière. Elle n'existe qu'à moitié.

Elle appartient à un autre registre, à quelque chose de personnel qui n'était pas destiné au partage.

Rien à voir avec une lettre qui a été expédiée et ouverte, qui a suscité de l'émotion, entraîné une réponse. Peu importe le style, l'habileté à aligner les mots, le contenu vaut plus que la forme et la couleur de l'enveloppe vaut encore moins.

Mais la lettre revenait avec rage, elle demandait le droit de vivre pleinement sa vie. Côté expéditeur, elle avait été écrite, pensée, formulée ; côté récipiendaire, rien. Aucun partage. Il manquait un volet à son existence de missive.

Je regrettais de ne pas l'avoir ouverte comme cet avion que je n'avais pas pris pour Saint-Pétersbourg. Cette lettre était un voyage, un billet pour un pays inconnu. J'avais envie de partir, je pouvais mettre des lustres à remplir une valise et, de même, jeter sans réfléchir un pull, des Converse et un maillot de bain dans un sac à dos et m'enfuir. J'avais souvent suivi des destinations périlleuses, dormi sous une tente, rencontré des civilisations retirées et quand je me croyais perdue, je me retrouvais.

La lettre me tentait autant qu'un voyage au Népal sur les traces d'Alexandra David-Neel ou dans l'Arizona. Souvent, je consulte les catalogues des agents de voyages. Je passe le samedi, je rêve le dimanche, j'appelle le lundi.

La lettre est posée sur la moquette usée du couloir, sale vieux démon qui me tente à nouveau. Qu'est-ce que tu m'offres ? Un billet pour l'enfer, un billet pour l'espoir, pour l'attente, pour l'incertitude, pour le mauvais sang, pour l'irréalité ? J'ai traversé ton pays, j'y ai dormi quelques nuits, je connais l'angoisse du lendemain et les choix compliqués. Et tu me séduis encore ! Je suis folle à lier.

Il ne me reste plus qu'à finir de déchirer un bout

de papier déjà écorné : très peu d'efforts... le résultat des courses est à l'intérieur de la pochette-surprise. Juste déchirer, juste ouvrir et lire. Là, veille un amour. Un amour prêt à être ranimé. Comme toutes les amours passées qui ne passent pas. Je croyais que l'amour se périmait avec le temps, comme les yaourts. Je croyais aussi que les amours se succédaient, mais ne se cumulaient pas.

Je croyais à des choses simples.

Mais l'amour perdure parfois au-delà des limites. Mon cœur s'emballe vers une autre vie qui m'est étrangère et pourtant pas tout à fait. Je suis assise en tailleur dans ce couloir étroit et mal éclairé, sous l'étagère à chapeaux, à moitié paralysée par l'immobilité, la lettre qui, il y a dix ans, m'était destinée gît devant moi.

On continue, on ne se renouvelle pas. Pourtant, dans ma vie actuelle, tout portait à croire le contraire. J'ai cru. Il s'en est fallu d'un dimanche après-midi profond comme la nuit pour me contredire.

Il est probable qu'à cette heure-ci, deux heures et demie de l'après-midi, Jules revient du café et se remet au lit avec la femme qui m'a remplacée, à moins que ce soit une de celles qui ont succédé à celle qui m'a succédé. Plusieurs intermédiaires se sont peut-être suivies, une longue chaîne d'intermédiaires dont deux ou trois seulement auront laissé une trace dans sa vie. Le dimanche, le petit déjeuner se confond avec le déjeuner, on dit « bruncher ». Jules « brunchait » le dimanche. Moi aussi.

Les vies se ressemblent.

Il fait beau. Si seulement il pouvait pleuvoir, je me sentirais en harmonie avec le temps, je pourrais même dire que c'est à cause de lui, le temps, que je ne tourne pas rond.

Je tache, je dénote, blottie seule au fond de mon placard, toute grise quand le ciel est tout bleu.

Les autres sont dehors, ma famille aussi. S'il avait plu, le cliché aurait été parfait. *Bloody Sunday* sous la pluie. Rien à redire. Mais il fait beau.

Être triste au soleil est une incongruité.

Il arrive ainsi de recevoir des invitations auxquelles on ne peut se rendre.

Midi, la moitié d'un dimanche est passée et je n'ai toujours rien fait. Je vais à la cuisine, je jette sur un plateau en osier tout ce que je trouve, il n'y a jamais grand-chose dans le frigidaire le dimanche, j'attrape du beurre demi-sel, de la confiture de figues, du pecorino que je coupe en tranches fines, et, dans le garde-manger, quelques tranches de pain durcies mais qui, préalablement grillées, feront l'affaire, des spéculoos, une tablette de chocolat au lait, une canette de Coca, un kiwi que je ne toucherai pas comme d'habitude, mais qui me donne bonne conscience. Tout ce qui est bon est mauvais pour la santé. C'est ainsi. Facile d'être diététicien. À moins « d'éduquer le goût » et de finir heureux avec une botte de persil au fond de son assiette. Infernal.

J'allume la télé, puis je baisse le son, pas question de me laisser distraire : à portée de main existe une enveloppe de format carré, couleur bleu délavé, avec inscrit dessus : À INDIANA DE LA PART DE J. PERSONNEL.

Il est assez injuste de retrouver cette lettre, d'être confrontée à lui sans lui, alors qu'à cette heure mon « bruncheur » ne pense qu'à beurrer ses tartines. La lettre que je tiens entre les mains ne m'appartient plus.

Tout a changé, lui forcément, mon cadre de vie, ma situation matrimoniale, mais pas moi.

Peut-être bien qu'en dix ans mon changement n'est pas, en apparence, significatif. Mais moi, à l'intérieur ? Pourquoi cette injustice, j'aurais préféré deux rides de plus à ce cœur bloqué sur mes vingt ans, et vingt ans, tout le monde le sait, n'est pas le plus bel âge de la vie. Une personne normale a plusieurs existences, des passerelles peuvent les relier mais aucun pont, aucun aqueduc, rien de solide. La liaison est coupée. Un souvenir vague perdure, tout au plus. Les lianes ont envahi l'atmosphère. Une relique peut déclencher un souvenir, mais une émotion, un sentiment, un chagrin ? Dix ans après ! Jamais ! On pourrait croire que j'exagère, il n'en est rien. La lettre m'entraîne là où j'espérais ne plus aller, elle vient me chercher dans mon nid, dans ce lieu où je vis entre mon mari et ma fille, elle vient, elle avance, serpente, se faufile comme un animal dangereux et redouté.

L'expéditeur brunche, peut-être a-t-il même oublié qu'un jour, il y a dix ans, il m'a envoyé une lettre. Il faudrait répéter mon nom plusieurs fois, lui rappeler le contexte et lui demander l'autorisation d'en disposer. « Disposer de quoi ? » dirait le bruncheur. Pour le moment, il ne dit rien, il déjeune, mon amour d'antan. Il ne pense pas à moi, il ne se demande plus pourquoi je n'ai pas répondu à la lettre du 8 octobre 1989. Longtemps il s'est posé la question, puis il a fini par se faire une raison.

Il vient de finir sa course autour du lac du bois de Boulogne, deux ou trois tours, à moins que, depuis le temps, il n'ait amélioré sa performance. Avec l'âge, les hommes courent moins vite, mais plus longtemps. Il transpire encore un peu dans son jogging gris déformé qui lui donne mauvaise mine, il a glissé une serviette-éponge autour de son cou, une main rapide dans le caleçon, je ne sais pas pourquoi, les hommes font tous ça après avoir couru. Il a faim. Il pense à son œuf à la coque trois minutes du dimanche matin, à son journal du même jour, à sa ficelle et son croissant. Il demande du sel et du poivre, il supplie le serveur du regard de ne pas trop tarder parce qu'il a déjà découpé l'œuf, sans bavure, comme on lui a appris quand il était petit. Il ne pense pas que sa lettre vient de tomber sur la tête d'Indiana au moment où il enfourne sa tartine beurrée dans sa bouche. Il ne se doute pas qu'il est seul à savoir ce qu'elle contient. Il a peut-être eu mal, lui aussi, à cause de moi, mais c'est fini mainte-

nant. Le chagrin des hommes est souvent passé sous silence. Ils n'en parlent pas. Ils sont orgueilleux, les hommes. Et ils se guérissent ainsi. La parole entretient un amour, alors que le silence le tue. On fait mourir les gens de ne pas en parler. M'avait-il tuée ?

Si je rompais le silence ? Rompre le silence un dimanche ? Double désobéissance. À cette seule idée, je frissonne. S'il y a une chose dont je fus un jour heureuse d'être débarrassée, c'est bien de cette vie parallèle, de cette interrogation éternelle : Est-ce le bon moment pour l'appeler, est-il sorti du labo, de rendez-vous, est-ce qu'il y a une petite place pour moi, pour entendre sa voix, même pressé ? Fini !

Un jour, enfin, la vie à côté s'est éteinte. Fini le regard rivé sur ma montre à ponctuer ses allées et venues. Et voilà que je recommence à le suivre à la trace dans son parcours du dimanche : il court, il s'ébroue, il mange, il se douche, il se recouche, il allume la télé, cherche un vieux film, remonte les draps, se blottit contre une femme, la sienne, la baise vers cinq heures trente, content de lui, vers dix-huit heures il somnole un peu. Et moi, j'appelle quand ? Avant ou après ? Comment parle-t-on à un amant quand le temps a balayé la complicité, l'empreinte de la nuit ? La corde qui flottait entre nous s'est détendue. La corde flotte, tributaire des événements, de la volonté à s'oublier, de la vie qui continue, de la mort qui menace. Et, pourtant, en tenant cette lettre entre les mains, j'ai l'impression que la corde tire à nouveau.

L'enveloppe est déchirée, au coin à droite, je me souviens du moment où, malgré la désapprobation de ma grand-mère, j'ai failli l'ouvrir. Je me souviens de ma détresse, aussi. La curiosité débarrassée de la souffrance aiguë se réveille.

Étrange cœur qui démarre où je l'avais laissé.

II

Ma vie à moi

Rencontre dans un cimetière ou le temps finit mal

Jamais, il n'a téléphoné, ni même tenté de remonter l'escalier. Pas un mot pour Noël, pour mon anniversaire, aucun cataclysme d'aucune sorte ne l'a fait décrocher son téléphone.

Moi non plus.

Le hasard n'était plus au rendez-vous.

Lui non plus.

Ah si, une fois, dans un cimetière où nous enterrions un ami commun, malgré la probabilité de se rencontrer en ce lieu, ni Jules ni moi n'y étions préparés. Mauvais timing pour des retrouvailles ; je venais d'accoucher et lui d'accepter de nouvelles fonctions.

Il a tout de même enjambé trois bancs pour me rejoindre. Je le surveillais du coin de l'œil, je le surveillais même de derrière mon dos, avec mes antennes. Quand il est arrivé à mon niveau, il a regardé droit devant lui comme s'il ne m'avait pas vue. Moi aussi j'ai regardé droit devant moi. Nous avons marché dans la foule, côte à côte, sans nous parler. Sa présence m'envahissait, en quelques secondes j'étais tout imprégnée de lui. J'avais le souffle coupé, s'il m'adressait la parole, je ne pourrais pas répondre. Sa parka kaki, style baroudeur, frôlait ma veste de tailleur noire et il faisait mine de ne pas s'en apercevoir. Il y avait la foule, les amis, les gens qui savaient, d'autres qui ne savaient pas, la famille éplorée, le cercueil qui partait vers son ultime demeure, les fleurs, les lis blancs par milliers, le curé, nos ex, nos futurs et nous.

Je me demandais s'il était un assassin, s'il avait voulu attenter à ma vie avec des mots empoisonnés ; peut-être s'étonnait-il de me voir encore debout dans ce cimetière. Il s'approchait pour vérifier.

Rien n'est moins sûr. Enfin, qui sait ? Nous nous sommes tournés l'un vers l'autre au même moment.

Il a dit :

– C'est étrange de se retrouver dans un cimetière, non ?

J'ai souri, j'avais trop de choses à lui confier pour avancer n'importe quoi.

Il ne m'a pas dit : « Tu n'as pas répondu à ma lettre. » Peut-être avait-il oublié, moi, du moment où je l'ai vu, je n'ai plus pensé qu'à ça. J'avais envie de lui parler, les mots me brûlaient la langue : « Je ne l'ai pas ouverte. » J'aurais voulu qu'il sache.

Il ne se comportait pas comme un homme fâché avec moi. Comme un homme intrigué et attiré. Il me regardait avec intensité, je suppose qu'il n'était pas accompagné. Est-ce moi qui aurais dû être fâchée ?

Nous nous sommes embrassés pour la première fois de notre vie comme des amis. Sur les joues, enfin presque, sa bouche s'est posée très près de la commissure de mes lèvres et j'ai fermé les yeux.

C'est étrange d'embrasser sur la joue l'homme que l'on aime encore. Il a inspiré mon parfum au creux de mon oreille, il s'est rempli de mon odeur – mille camélias pour un seul flacon, m'avait dit le parfumeur, et un nom à dormir au clair de lune. Moi aussi, je l'ai respiré de toutes mes forces. J'ai inhalé son eau de toilette, celle-là même qu'après notre séparation j'allais respirer au rayon parfumerie du Bon Marché. Quelque chose à base de menthe verte, me semblait-il.

À vrai dire, je ne m'étais pas habillée pour lui, je n'avais pas la tête à ça, mais je m'étais parfumée avec excès en prévision de cette scène, pour qu'il me sente.

Le temps finit mal.

Il ne cautérise pas. Il ne sait pas.

Et ce résidu d'amour qui réapparaissait dans ce cimetière glacé était incongru.

Le monde nous pressait d'avancer. Condoléances ? Non, pas de condoléances. J'ai relevé la tête et je lui ai dit :

– Au revoir.

J'ai regardé sa bouche tant de fois embrassée, lui aussi regardait ma bouche. Il a répété :

– Au revoir.

Triste. Il ne m'a pas retenue. Il connaissait mon numéro de téléphone, ma vie avait changé, pas mes chiffres. Il a vu un homme en vigogne bleu marine attraper mon bras ; il nous a regardés nous diriger vers une voiture, il m'a vue monter à ses côtés, nous étions garés juste devant l'église. Il ne m'a pas rappelée. Le manteau en vigogne n'empêchait pas de prendre des nouvelles, mais il ne m'a pas rappelée.

Ce jour-là, en rentrant chez moi, j'ai envisagé de lui téléphoner, mais j'ai vite abandonné. Ses phrases inachevées, mes interrogations sans réponses, j'en avais fait le tour.

Je voulais qu'il décroche, qu'il compose, qu'il invite, qu'il décide, ma volonté seule à vouloir s'était fatiguée. Je voulais que cela vienne de lui.

Le hasard ne devait plus être notre intermédiaire.

J'aurais dû me faire des œufs à la coque, moi aussi. Mais regarder bouillir de l'eau dans une casserole pour qu'elle ne bouille jamais me semblait trop long. Lui, installé dans son café en bas de chez lui, devait tremper ses mouillettes dans un jaune trois minutes et demie. Les hommes s'en sortent toujours mieux que les femmes.

Moi, je tartinais ma confiture de figues sur des crackers sans lâcher ma lettre de l'œil, des fois qu'elle disparaisse à nouveau. Pendant cinq ans au moins, je n'avais ouvert un tiroir, soulevé un couvercle, glissé ma main au fond d'un panier sans espérer trouver la lettre. Elle m'avait obsédée, possédée. Je ne l'avais plus et je ne la quittais pas.

Je la garderais, même fermée, pour le restant de mes jours.

Cette fois, il ne s'agissait plus d'une rencontre opportune comme dans le cimetière, cette fois, j'avais l'impression qu'il avait fait irruption dans ma vie. Il était venu.

Même si l'effet que nous produisons sur l'autre reste inconnu, si le mutisme comme la volubilité peuvent demeurer un sujet de dissimulation, il était plus aisé de deviner son état d'esprit quand il était en face de moi.

Il était debout dans cette église glacée, obligé lui aussi de faire avec la surprise, lui aussi embarrassé par ce regain de passé qui venait nous faucher, par cette émotion ensevelie qui se réveillait (« Je l'ai tant aimée », comme dans la chanson), par cette intimité morte et soudainement ressuscitée dans un cimetière.

Avec la lettre, il était là sans y être. Quelque chose de lui se tenait physiquement devant moi : une relique.

C'était la première fois qu'une telle confrontation se produisait dans ma vie. Je devais innover.

Cette lettre c'était comme un film à visionner ; la suite, et la fin sûrement, d'un scénario dans lequel j'avais joué un rôle, aussi secondaire fût-il. La solution se présentait enfin devant moi, la réponse à mes questions, la fin de l'histoire. Vrai ou faux ? Quittée, aimée ? Savoir enfin.

Les années offraient un certain confort.

Ouvrir la lettre aujourd'hui, c'était satisfaire une curiosité à moindres frais. De toute façon, plus rien, plus jamais, ne pourra me faire aussi mal que ce moment où ma grand-mère m'a interdit d'ouvrir la lettre, que ce moment où je l'ai écoutée. Il est probable que je m'en suis voulu, plus que je ne lui en ai voulu.

Deuxième rencontre

Six ans après notre séparation et un an après le cimetière, il y eut une seconde rencontre. C'était prévisible cette fois et je m'y étais préparée. C'est-à-dire que j'avais réfléchi à ce que je devais lui dire. Des phrases courtes, pour les achever, profondes, pour ne pas me trahir, légères pour ne pas l'ennuyer. Il aimait voir mes jambes, alors je portais une robe, tout en demi-teinte, rien d'ostentatoire. En aucun cas, il ne devait imaginer que je l'espérais.

Je suis arrivée avant lui, après les salutations habituelles, je suis sortie dans le jardin me promener en attendant qu'il me rejoigne. Quelques instants après, il est apparu sur le perron, entouré de quatre personnes, dont il s'est débarrassé à peine il m'a vue. Il est venu. Mes amis se sont dispersés. Ils nous ont laissés.

Il ne m'évitait pas, il se comportait comme un homme qui avait envie de me voir, mais qui ne sollicitait rien en dehors des occasions que le hasard lui offrait.

La pluie était tombée quelques instants auparavant, l'herbe du jardin était grasse et mes talons, prisonniers de la terre humide, me déséquilibraient. Dans la position où je me trouvais, face au soleil éblouissant malgré l'heure tardive, Jules me distinguait mieux que je ne pouvais le voir, et il profitait de cette supériorité pour me dévisager. Même la lumière orientée sur son visage n'aurait pas suffi à m'éclairer sur l'ambiguïté de cet homme et de nos relations. C'était absurde. Le monde entier savait ce genre de choses, je devais être la seule à l'ignorer. Il est évident que si je n'avais pas perdu la lettre, je l'aurais lue, je n'aurais pu indéfiniment résister. J'aurais su comment me comporter. C'était une étrange situation où l'un et l'autre s'épiait et se demandait s'il avait en face de lui un bourreau ou une victime.

S'il s'agissait d'une lettre de rupture, cela ne semblait pas m'avoir affectée. Par contre, si la lettre contenait des mots d'amour, une demande en mariage, que sais-je, il pouvait se poser des questions sur mon attachement passé. Il s'en posait. C'était évident. Moi aussi. Je ne manifestais aucune agressivité à son égard, je lui adressais un large sourire qui l'intriguait encore plus.

Il aurait voulu découvrir mon secret. Il y en avait un, il s'en doutait. Mais il ne savait pas lequel. Quoi qu'il imagine, il était à mille lieues de la vérité.

J'aurais pu lui dire : « Je n'ai pas lu ta lettre, parce que je l'ai perdue. » Combien de fois j'en avais rêvé !

Il a imperceptiblement avancé le menton, comme les psys, du genre : « allez, dis », pour me forcer dans mes retranchements.

Planquée au fond de ma caverne, je me suis tue. Les autres hommes étaient en smoking, pas lui. Pour varier, il avait un foulard indien autour du cou. Jamais je ne l'avais vu ainsi déguisé.

Il ne ressemblait pas à l'image que j'en avais gardée. Le foulard restait anecdotique.

J'aurais pu m'habituer, Jules aurait pu finir par se ressembler, malgré les cheveux éclaircis du côté des tempes, malgré je ne sais trop quoi de différent, mais il fallait un peu de temps. Sans que mon souvenir n'adhère spontanément à la réalité, ce qui m'avait séduite, ce mystère inexplicable, continuait de me troubler.

Moi, intime et toujours avec un large sourire :

– Ça va ?

Lui : silence. Il me regarde, les sourcils froncés. Dans sa tête, un truc comme : « À qui ai-je affaire ? »

Moi :

– Tu as l'air... (sous-entendu : d'aller bien).

Lui : silence pour réponse, comme s'il refusait sur un ton désinvolte et mondain de me répondre « ça va ». Son air étonné semblait dire : « Comment pourrais-je aller bien ? »

Un couple nous salua et s'immobilisa devant nous, un homme et une femme enlacés qui attendaient qu'on leur adresse la parole. Ils demeurèrent ainsi un instant. Nous nous regardâmes, désolés. Notre aparté était terminé ? Mais l'orgueil, le mien parce que je ne savais pas ce que contenait la lettre, le sien, parce que quoi qu'il ait écrit, selon le plan machiavélique de Grannie, je n'avais même pas répondu, nous empêcha de nous excuser et de continuer plus loin notre aparté.

Nous étions redevenus des inconnus qui se plaisaient.

Le passif en plus.

Aucune légitimité ne nous autorisait à nous rapprocher.

Tout était à recommencer, les premiers pas, la séduction, les regards dérobés, les miens, les regards appuyés, les siens. Le recul, l'envahissement, les acceptations muettes, les rendez-vous secrets, les mots doux, le flirt et le reste.

Revenir sur nos pas, était-ce possible ?

Les envahisseurs évoquèrent le temps, la chance de donner une garden-party le plus beau soir du mois de juin, la beauté de l'endroit, l'originalité d'avoir choisi un orchestre de bal musette, de... je ne sais plus quoi, du buffet, des petits-fours, ils voulaient être aimables et ils étaient ennuyeux.

Les raseurs ne savent pas qu'ils le sont. C'est une chance pour eux. Nous n'avions pas le temps d'être aimables, bientôt nous serions encore séparés et nous devrions nous quitter sans effusions, sans nous être parlé, dignes et idiots.

Tout cela était absurde. Je profitais de ces quelques secondes où il était près de moi, où nous étions comme un couple en face d'un autre couple, un couple riche en temps et pouvant le gaspiller.

Mais nous n'étions plus rien l'un pour l'autre. Une pensée secrète, une histoire passée. C'est tout.

On ne s'appelle plus. On n'évoque rien de personnel. Je ne sais pas au nom de quelle stupide censure nous en étions arrivés là. L'orgueil ? L'orgueil peut-il être une censure ? Les sentiments dérapent comme le terrain des falaises : arrivé en bas, on ne reconnaît même plus la couleur de la terre.

Une armada à l'horizon se dirigeait, sourire figé, vers nous. Nous étions cernés, la fin approchait.

Jules, les yeux plongés dans les miens, se pencha vers moi, le temps pressait, alors il me glissa à l'oreille : « Tu es la plus belle », et je souris tristement. Cela servait à quoi qu'il pense que j'étais la plus belle ? Ma grand-mère avait été quittée pour une danseuse vénézuélienne, pour qui s'était-il éloigné ? À quoi cela servait-il de me dire ça, là, maintenant ?

Les invités commencèrent de se rassembler vers les petites tables disposées dans la salle à manger, il me demanda si on pouvait s'asseoir ensemble. Avant même que je lui réponde, un de mes amis vint nous séparer : « Elle est déjà retenue, j'ai pris mon tour avant vous, vous arrivez trop tard ! » Le ton était guilleret. Le contraste entre ce que je vivais, cette sensation de glisser, et cette intonation presque musicale me plongeait dans un sentiment de solitude immense que les autres, autour de moi, s'employaient à renforcer.

On m'aurait annoncé une condamnation à mort que je n'en aurais pas été moins choquée. J'en tremblais. Que pouvais-je dire ? Je reste avec Jules alors que mon mari était à deux pas ?

Je regardai Jules : il demeura interdit.

Nous n'avions plus aucun droit l'un sur l'autre. Lui qui les avait tous eus en avait moins à présent qu'une vague connaissance. Il dévisagea l'homme qui venait me chercher, un chanteur à la mode, une séduisante coqueluche – pas la mienne. A-t-il cru qu'il était mon amant, qu'il fredonnait à mon oreille consentante ?

Encore un malentendu. Mal entendu, mal lu, mal écrit, cet adjectif funeste depuis le début nous allait comme un gant. Voilà ce qui me faisait souffrir. Notre histoire n'était qu'une longue série de quiproquos, jusqu'à la lettre perdue.

Je me suis éloignée de Jules en souriant, comme si de rien n'était, alors que je ne m'en remettrais pas. Je me suis laissé emporter, le cœur brisé. C'était affreux, ce besoin de dire et cette impossibilité de m'exprimer.

La sensation d'étouffement, de frustration, d'injustice ne me quittait plus. J'aurais préféré ne pas le revoir. Je ne devais plus le revoir.

Nous ne nous reverrions pas, le hasard ne nous offrirait pas une troisième chance, je le savais ; je savais aussi qu'il était trop tard, Jules ne se manifesterait plus. Il me regarda m'éloigner, tirée par le poignet, impassible, une tristesse évidente dans le regard.

Les silences s'élevaient comme un bloc entre nous.

Une paroi s'était construite. Trop de temps. Trop de manquements, d'orgueil, de gêne, tous ces sentiments parasites à l'amour étaient venus s'amalgamer et avaient fini par se solidifier. Et pourtant, malgré ce bloc, malgré le temps, quelque chose perdurait, quelque chose d'inachevé s'infiltrait et me déchirait quand je le rencontrais sans pouvoir l'approcher. Je ne le reverrais peut-être plus : cette crainte m'assaillait chaque fois que nous nous croisions. Nous avions trop hésité. Je ne sais ce qui le retenait, mais moi, qui me retenait ? Les avertissements de ma grand-mère ? Un zeste de fierté ? Impensable d'apparaître comme une femme qui supplie. Toujours les paroles de la chanson de Jacques Brel en mémoire. Non, jamais ça.

Quand j'ai quitté la fête, le rimmel coulait sur mes joues : « Mes lentilles, oui, c'est ça, mes lentilles de contact me font souffrir. » Mon mari a accéléré le pas jusqu'à la voiture, m'a tendu un kleenex plié qu'il garde toujours au fond de sa poche. Je ne sais pas pourquoi, je ne me permettais pas d'être heureuse avec lui, alors que je l'aimais. Il y avait quelque chose d'inachevé dans ma vie, je devais en finir avec le passé pour le retrouver.

Pardon.

C'est étrange comme la souffrance vous affranchit de la culpabilité. Cette histoire m'avait fait beaucoup de mal.

J'avais payé, probablement.

Troisième rencontre

Elle ne fut pas et elle fut tout de même.

Elle exista dans tout ce qui la précède. Dans l'intensité, dans l'émotion. Je devais le voir. C'était impossible autrement, son nom, imprimé sur les cartons, figurait parmi ceux des organisateurs.

Quand tout est évident, il faut se méfier.

Pas de moi.

L'anomalie vint de lui.

Ses amis étaient au rendez-vous, toutes ces personnes que j'avais l'habitude de voir graviter autour de lui, quelques savants, quelques partenaires de tennis, quelques ex-fiancées probables. Ils étaient là, collectionneurs ou pas.

Le musée ouvrait ses portes à partir de dix-huit heures.

J'arrivai une demi-heure plus tard. Un peu tôt. Il n'était jamais très en avance, mais il suffisait d'une fois ; je ne voulais prendre aucun risque, j'avais envie de le croiser. La dernière fois, ç'avait été lors de la garden-party, cinq mois auparavant.

J'avais cru lire dans son regard de la tristesse quand, au creux de mon oreille, il avait glissé : « Tu es la plus belle », avant qu'on m'enlève à lui. M'étais-je trompée ? Je voulais en avoir le cœur net. Simple curiosité ? Tout cela était sans lendemain, je voulais juste « vérifier » mes impressions, et tester ma capacité à l'approcher sans chavirer. Le jeu était dangereux, certes, mais les occasions de le rencontrer si rares que je ne voulais pas rater celle-là. Il viendrait, il était impensable qu'il manque l'exposition qu'il parrainait.

À peine arrivée, après un rapide tour, sans saluer personne, sans prêter attention à aucune œuvre, un tour, juste pour vérifier qu'il ne m'avait pas devancée, je revins au début de l'exposition. La salle commençait de se remplir. Il n'était pas encore là, j'entamai mon second tour.

J'avançais à pas mesurés. Cette fois, il fallait marcher lentement, traîner, l'attendre.

Je choisis de m'arrêter sur le regard velouté et mystérieux de cette femme, l'*Accroche-cœur* de Jacques-Henri Lartigue. Mais j'étais peu concentrée sur l'intérêt de ce portrait, à tout moment il pouvait venir sur son terrain, me prendre par le bras avant même de me saluer, avec assurance.

Pas devant Lartigue.

Je continuai à marcher et à poser mes yeux sur d'autres images avec l'impression désagréable de m'être fourvoyée dans la cage aux lions. Pourquoi ce besoin d'être une proie ? Je continuai mon chemin devant quelques tirages qui n'attiraient pas spécialement mon attention et m'arrêtai enfin sur le portrait d'André Malraux par Gisèle Freund. Outre ma tendance à voir Jules partout, il était évident que par certains côtés Malraux ressemblait à Jules : même regard inquiet devant l'objectif, même façon de froncer le sourcil et de poser un mégot à la commissure droite des lèvres.

– Madame ?

Je sursaute. Il me semble reconnaître la voix de Jules. Jules qui se fiche de moi en m'appelant « Madame » depuis qu'on lui aurait appris mon mariage avec Christian. Je ne me retourne pas. Pas tout de suite, j'attends qu'il me touche. Qu'il me retourne en tirant sur mon bras, mais il ne fait pas. Alors, le doute me saisit. Jules me frôle dès qu'il me voit. Je pivote doucement, l'espoir encore présent, mais ce n'est pas Jules. Juste un maître d'hôtel qui me propose une coupe de champagne.

Je suis déçue. Les larmes me montent aux yeux, c'est ridicule :

– Non, merci.

Pas de champagne.

Je passe vite devant un portrait d'Irving Penn, un vieil homme à l'air sévère, au profil anguleux.

Je continue ma balade à pas mesurés.

Arrêt devant la Chinoise déhanchée d'Irving Penn.

Arrêt devant tout ce qui ramène à lui. Moi aussi je

me suis déhanchée pour Jules. Habillée quand j'arborais une nouvelle tenue, mais aussi toute nue quand il me le demandait.

Gros plan sur une bouche de femme de Norman Parkinson, maquillée comme la mienne, ourlée d'un crayon beige et remplie d'un rouge cerise pour la rendre appétissante comme un fruit.

Arrêt sur le regard mouillé d'Anna Magnani, parce que moi aussi j'ai pleuré.

Sur Ingrid Bergman, allongée sur un lit.

Tant de fois, tant de souvenirs allongés.

Ma vision est tronquée, déformée. Je ne suis pas libre, Jules est partout, il s'immisce entre moi et toutes les photos. Il m'empêche de voir.

Je marche. Je m'arrête devant un panneau de fleurs : des tulipes et des orchidées de Robert Mapplethorpe. Aucune émotion. Une baignoire de Nan Golden et une douche de William Eggleston. Les sanitaires me laissent indifférente. Je regarde ma montre, déjà trois quarts d'heure que je suis là et qu'il n'est toujours pas arrivé, à moins que l'on ne se soit ratés.

Soudain, une main attrape mon avant-bras.

– C'est toi ?

La voix me tutoie.

Je reste figée. Avec le brouhaha ambiant, toutes les voix se ressemblent. Je prends mon souffle, cette fois cela doit être lui.

– Je t'ai reconnue de dos ! dit la voix.

Je suis paralysée, j'aimerais me retourner, mais je ne le peux pas.

– Indiana ?

J'entends des voix ?

– Comment trouves-tu l'expo ?

Je me retourne, les yeux fermés, je me hisse sur la pointe des pieds parce que Jules est plus grand que moi, j'embrasse un homme les yeux fermés.

Et immédiatement, je sais que cette joue n'est pas la sienne. J'ouvre les yeux et je constate qu'elle aurait pu l'être puisqu'il s'agissait de celle d'Arthur, « le beau binoclard », comme l'appelait son meilleur ami.

– Indiana ! cela fait longtemps ! Je suis heureux de te voir.

J'ai encore la main posée sur son épaule, que je caresse, sans rien dire.

– Tu as vu, Jules a fait un travail incroyable : réunir toutes ces merveilles !

Toujours la même admiration pour Jules.

– Regarde la beauté de ce portrait de Bettina par Man Ray. Toi aussi tu portais des bandeaux dans tes cheveux, non ?

– Oui, j'en portais.

– Tu es toujours aussi belle, même sans bandeau.

Je l'attrape par le bras comme le vieux copain qu'il était et que j'ai cessé de voir avec Jules. Il ne serait venu à l'esprit ni de l'un ni de l'autre de se rencontrer en dehors de Jules. Même si on s'entendait bien. Jules était notre lien.

– Tiens, Jules a une faiblesse pour une photo d'Eva Watson-Schutze, viens, je vais te la montrer, typiquement symboliste. Tu veux une coupe de champagne ?

– Non, merci.

– Tu es sobre, maintenant ?

Je ne me rappelais pas avoir abusé du champagne. Nos souvenirs divergent. Il en va ainsi des souvenirs, un grand marché à l'étalage duquel chacun prend ce qu'il veut. Il a gardé en mémoire un soir de fête que j'ai oublié.

– Tiens, voilà la chérie de Jules, incroyablement actuelle, non ? Avec ses cheveux ondulés et son air perdu.

Jules a été séduit par la douceur qui émanait de cette femme aux paupières baissées. La photo était datée de 1910. L'idée que cette beauté ne soit plus de ce monde me réconforta, même si j'en éprouvai quelque honte.

Soudain, le regard d'Arthur se balada entre le tableau et moi comme s'il cherchait les points de ressemblance. Il m'avait plantée devant la photo préférée de son ami pour comparer. Il sourit.

– Vous vous ressemblez.

Puis, après un silence :

– Je suis heureux de te revoir.

J'ai dit : « Moi aussi », même si je ne savais plus très bien par quel instinct masochiste j'étais venue me fourvoyer ici, dans le camp de Jules, au milieu de ses amis, ses petites amies, peut-être, admirer ses passions, subir son retard, son rythme, son cocktail, son goût, son champagne, je ne savais pas. Je ne savais pas pourquoi je m'étais imposé ça.

J'ai regardé Arthur ahurie et désolée comme si, malgré sa gentillesse, je m'étais trompée d'adresse et qu'il fallait très vite faire demi-tour, parce que j'étais moins forte que je ne le pensais ; parce que ma vie actuelle n'avait pas suffi à effacer l'ancienne. Qu'il faudrait encore un peu de temps.

Il attrapa ma main.

– Ça va, toi ?

Ça n'allait pas mal avant d'être dans ce lieu où Jules était partout. Quel besoin de venir sur son terrain, de m'exposer ainsi ? Qu'est-ce que j'obtiendrais quand bien même il apparaîtrait de derrière un panneau ? Un flirt virtuel de quarante-cinq secondes, qui me perturberait pendant des semaines, une ambiguïté, quelques mots sibyllins, un peu de matière à fantasmes pour traverser l'hiver ?

Je devais partir sans poser de questions, je savais qu'il valait mieux éviter d'entendre parler de lui. Les bonnes comme les mauvaises nouvelles me perturbaient. Son existence en dehors de moi m'était insupportable. Mais, face à son complice, il était difficile de résister.

Je n'ai pas demandé à Arthur de ses nouvelles, je lui ai demandé des nouvelles de Jules.

Il m'a regardée comme s'il attendait et redoutait à la fois cette question. Soudain embarrassé, il a relevé la tête, l'air de dire : « Tu veux vraiment savoir ? »

J'opinai.

Il insista :

– Tu veux...

– Oui.

Il n'aurait pas osé de lui-même.

Il me dévisage, comme pour évaluer ma capacité à recevoir la vérité. Il se tait. Il n'approuve pas ce que je l'oblige à faire. Il attend, il me laisse le temps de dire : « Non, finalement, je ne veux rien savoir. »

– Alors ?

Arthur me supplia du regard, s'il avait parlé, il aurait dit : « Qu'importe, ne pose plus de questions, garde les images, il t'a aimée, il t'aime peut-être encore, cela doit te suffire. »

– Dis.

Et, la tête baissée :

– Jules vient de...

Et soudain, je ne sais pas pourquoi, peut-être parce que j'avais compris, j'ai collé mon doigt sur sa bouche et ai dit :

– Chut...

J'ai embrassé Arthur, j'ai salué Charles Baudelaire, par Étienne Carjat, qui semblait attendre Jules autant que moi, et je me suis enfuie.

L'autre confidente

J'allais désobéir. Trahir ma grand-mère pour mieux revenir vers mon mari. Compliqué comme un coup de billard, je sais. J'avais en quelque sorte une affaire à régler, une phase de ma vie à achever. Un passage obligé, un parcours initiatique, après je serais sauvée.

On ne choisit pas entre les moments, entre ceux que l'on veut bien vivre et les autres. On prend, on vit, plus ou moins bien, pas le choix. Avec cette lettre, j'avais l'impression qu'il était temps. Je devais vivre ce que j'avais remis à demain. On ne remet rien tout à fait à demain. Aucune économie possible dans cette vie, tout est à prendre en vrac, les bons et les mauvais instants, on ne trie pas. Les mauvais revenaient mais, dix ans plus tard, les appréciations changent. Capucine n'a jamais cru que l'on pouvait recevoir une lettre sans l'ouvrir.

Malgré les réserves de ma grand-mère, j'avais fini par lui raconter l'histoire à peine la lettre cachée.

Sa révolte avait aggravé la mienne. Capucine ouvre,

décachette les enveloppes quand elle les reçoit. Les lettres personnelles en priorité, celles dont le nom et l'adresse sont rédigés à la main. Elle laisse de côté factures, invitations et prospectus, pour un pli déposé par porteur. Aucun doute, à ma place, elle l'aurait ouverte, la lettre. Tout le monde l'aurait ouverte.

– Et les lettres supposées de désamour ?

– Ça n'existe pas. Personne n'écrit pour dire qu'il n'aime pas. Le silence se charge de ce genre de message.

– Qu'est-ce que je fais avec cette lettre ?

– On ne solutionne pas un problème en lui tournant le dos ! Tu n'es pas curieuse, tu ne veux pas savoir ?

Elle est assez forte pour ça, Capucine : ouvrir, voir, savoir ne lui font pas peur. Elle fonce quand je freine. « Tu marches à reculons », me disait-elle parfois.

Un mot peut me faire du mal. Pas à elle. Ni les mots ni la jalousie ne peuvent l'atteindre. Un jour, alors qu'une femme nous dévisageait avec malveillance, elle m'a dit : « Quand on suscite la jalousie, il faut en jouir comme d'une chance. Toi, tu suscites la jalousie pour d'autres raisons que moi et tu en souffres, c'est idiot. » Ce genre de réflexion appartient à Capucine. J'envie son pragmatisme ; elle a dû ajouter : « Tu leur fais plaisir. » Parfois, je me demande ce qu'elle me trouve et à quoi je lui sers avec ma fragilité à fleur de peau. Il est possible que je sois un terrain d'entraînement formidable pour l'exercice de son implacable logique. À force de me répéter ce que je dois faire, je l'ai confortée dans ses idées. Les faibles rendent plus forts ceux qui les entourent.

« Ouvre ! » m'avait-elle implorée. Son point de vue me déséquilibrait encore plus. D'un côté ma grand-mère, de l'autre Capucine, d'un côté la réserve, la prudence, de l'autre la vie qu'on alpague, qu'on affronte : « Rien n'est mieux qu'une explication, il faut savoir pourquoi un jour on vous préfère une autre. » Et ma grand-mère en écho : « Personne ne sait pourquoi un jour il cesse d'aimer. Tu n'as rien à savoir, juste à sauver la face et ne jamais perdre l'estime de toi. »

Et moi, je tanguais entre l'une et l'autre.

Un jour, je n'ai plus parlé de Jules à Capucine. À quoi cela servait-il ? Elle allait me conseiller d'ouvrir la lettre et je l'avais perdue. Il est possible qu'elle ait cru que l'affaire était close jusqu'à ce dimanche de décembre, vers midi, où j'ai appelé Capucine pour lui confirmer que je garderais son chien. Elle le lui avait dit, et il avait soi-disant compris.

– Je prononce ton prénom et il frétille ! Tu le gâtes trop, il a de nouvelles exigences dès qu'il revient de chez toi, tu le fais dormir sur ton lit ?

– Non...

– Dans ta chambre ?

Bavardage. Lorsque, soudain, Capucine s'interrompit comme si elle avait détecté dans ma voix une anomalie :

– Tu vas bien ?

Il suffisait d'un soupir un peu appuyé, d'une intonation un peu longue, et j'étais dévoilée. Capucine se doutait.

J'ai pu dire :

– Sa lettre est tombée d'un chapeau.

– Quelle lettre ? Pourquoi d'un chapeau ?

Elle avait oublié.

Grannie aurait compris tout de suite. Mais il était temps de changer de style de conseils, puisque les premiers avaient échoué. Capucine et moi étions nées au mois d'octobre de la même année. Nous étions du même signe, Balance, malgré nos différences. Depuis la maternelle nous fêtions ensemble l'événement, nous étions passées des goûters aux boums, pour finir avec des dîners, avant de revenir un jour aux goûters. Capucine était ma sœur choisie. Il en va ainsi des filles uniques, elles choisissent leur sœur, et c'est bien comme ça.

– Ça va ?

Capucine insiste :

– Tu ne me réponds pas ?

Respiration profonde, en prévision des confidences à venir. J'en suis là, physiquement submergée, comme une adolescente. Je parle ou je ne parle pas ?

Soudain, les mots se précipitent, m'échappent, sortent de ma bouche. L'impression qu'ils se bousculent, chaotiques, ces mots ; ces vieux mots d'il y a dix ans, ces mots usés, interdits, ruminés, ce nom abîmé à force d'être abrégé, ils s'évadent de mon cœur où ils erraient depuis si longtemps, ils percent l'atmosphère. Ni eux ni moi ne savent à quoi ils ressemblent ces pauvres mots, s'ils ne sont pas ridicules, rachitiques, malhabiles, démodés, passés, finis, fatigués, anémiés, à jeter à force d'être ravalés, mâchouillés, ressassés, censurés. Ils me quittent, ces mots, et s'adressent à Capucine :

– J'ai retrouvé la lettre.

Voilà mon cadeau d'un dimanche midi : les premiers mots échappés.

Puis, la voix de Capucine :

– Tu parles de la lettre de J. ?

Elle respecte les consignes des temps de souffrance : on ne prononce pas le prénom. Interdit.

Silence assez long... Le temps de retrouver ses esprits, de plonger dans le passé, de se demander si une telle chose est possible, de chercher dans les archives, rayon confidences, sentiments, et plus spécifiquement actes manqués. C'est ainsi qu'elle avait finalement conclu et classé l'affaire de la perte de la fameuse lettre. Elle ne sait pas trop, elle vacille, elle n'en revient pas, pas d'exemple de lettre qui réapparaisse.

Il y a dix ans : « Si tu l'as perdue, c'est qu'au fond de toi tu ne voulais pas la lire, ta grand-mère t'a collé sa peur panique, tu es devenue une charmante petite vieille dame toi aussi », m'avait-elle dit.

À présent :

– Tu parles de LA LETTRE !!

Elle hurle.

– Oui, de LA LETTRE.

Moi aussi, je crie.

Silence.

Elle :

– Mais c'est incroyable, c'est une histoire de fous ! Tu retrouves une lettre perdue il y a une éternité et tu en parles comme si c'était hier ?

Moi :

– Le phénomène est connu en psychanalyse : les événements douloureux laissent une marque profonde dans le cerveau. Il y a même des études qui permettent de voir à quoi ressemble cette empreinte. Je suis marquée ! Alors, ne te fiche pas de moi ! Tu ris ?

Nos émotions sont à la traîne, elles s'accrochent au passé bien après que notre vision rationnelle de la situation a évolué.

– Tu ris ?

Elle :

– Charabia de ton ex-scientifique, il avait prévu le coup, le malin ! Tu ne vas pas me dire que cela te fait encore quelque chose ?

Moi :

– Si.

Elle :

– Tu es vraiment folle ?

Moi :

– De lui.

Elle :

– Non, cela ne s'appelle pas comme ça.

Moi :

– Qu'est-ce que je fais ?

Silence, puis :

– Ouvre la lettre. Tu ne risques plus rien.

Moi : protestation.

Elle, sûre d'elle :

– Non, je t'assure, cette fois c'est fini, tu crois que cela tangue encore un peu, que ça vibre, que ça balance, que ça cadence, qu'il peut encore t'emmener loin et même en enfer ! Tu te trompes, une baudruche, ta lettre, elle va se dégonfler à peine ouverte, tu vas être désolée par la platitude des mots qu'il emploie, par leur banalité, tu en as reçu des jolies lettres depuis, n'est-ce pas, Indiana ? Elle te fera pitié, celle-là, au point que tu auras envie d'inscrire J. à des cours de français par charité chrétienne si, au fond de ton cœur, tu as encore quelque sentiment pour lui. Il écrit mal, non ? Te souviens-tu de ce billet qu'il t'avait donné sous une table dans un bistrot ? Quatre mots et une faute d'orthographe, faut le faire ! Tu ne peux pas avoir peur d'un homme qui écrit : « Je m'ennuie » sans *e* ! Il n'est pas dangereux. Il n'ira pas très loin sans ce *e*, il est trop court, tu vois ce que je veux dire, *calzini corti*, « chaussettes courtes », d'ailleurs tu m'avais dit qu'il portait des chaussettes trop courtes, il est *short*, quoi ! Il n'est pas à la hauteur, il lui manque quelque chose, quelques centimètres. S'il avait ajouté un *s* de derrière les fagots, une terminaison baroque, je l'aurais excusé, mais ce raccourci, cette coupure, ce manque de générosité, quel aveu !

– Arrête ton cirque, il était pressé...

– Et toi, la prof de lettres, tu trouves cela charmant ! Pressé, alors adieu l'orthographe ! Tu disais, Napoléon aussi faisait des fautes... OK, mais oublier un *e* quand on n'est pas Napoléon, c'est tragique ! Cette fois, il ne pourra plus te déstabiliser, tu vas résister comme le roseau dans la tempête, pense au *e*, il ne pourra plus rien : tu as un enfant, un mari, un job et tu pourrais t'inscrire à la dictée de Pivot. Pas lui.

– J'ai peur... pas des mots mauvais qui conforteraient mon attitude, mais des autres. Imagine que cet homme que j'adorais m'adorait aussi ! Quel gâchis, tu te rends compte ? Je ne m'en remettrais jamais.

– Eh bien, tu auras raté, par crainte d'être déçue, une rencontre, une seule si mes souvenirs sont bons ?.. La vie va ainsi. « Choisir n'est pas tant élire que sacrifier », tu en convenais en citant Gide, on n'avance pas sans se tromper. Le zéro faute n'existe qu'en dictée.

– J'ai écouté ma grand-mère...

– Taratata ! Tu n'as rien subi, je ne sais pas qui a influencé l'autre. Je ne jurerais pas que ce n'est pas ta grand-mère, contrairement à ce que tu crois, qui a été un jouet entre tes mains. Tu lui fais dire ce que tu veux, à cette brave femme ! Tu le sais bien. On est toujours plus ou moins responsable de son destin. Tu n'étais pas prête, à l'époque, parce que cet homme, au fond, tu n'en voulais pas. Tu n'en as jamais voulu, tu voulais l'intrigue, la palpitation, mais tu savais très bien que ce n'était pas un homme pour toi. Pourquoi ?

Pas de réponse, il est trop tard pour entrer dans ce débat.

– Tu as enfin choisi le moment pour ouvrir ta lettre. Voilà, dix ans, c'était la distance nécessaire.

– Cette lettre ne m'appartient plus, je n'ai plus le droit de l'ouvrir.

– Tu ne vas pas lui demander la permission ?

Silence.

– Tu doutes ? Eh bien, appelle-le, vas-y, offre-toi ce divertissement, après tout, c'est très amusant...

– Amusant ?

– Oui, comme un thriller à la télé, peut-être mieux. Téléphone-lui et la page sera enfin tournée, tu verras... Crois-moi, oublie les conseils conservateurs de ta grand-mère. On ne s'économise pas. Tu m'appelles pour ça, non ? Je comprends maintenant, pardon, j'ai été longue à la détente. Tu m'appelles pour que je t'encourage ? Tu meurs d'envie de l'appeler. Si tu avais voulu que l'on te retienne, tu aurais appelé Grannie, pas moi, n'est-ce pas ? Et tu aurais fini dans ses bras, à croquer des petits sablés anglais, morte de frustration et de peur mélangées... Là, tu as déjà donné. Alors, vas-y... Offre-toi ce souvenir.

Les dimanches ne m'allaient pas

J'ai raccroché avec l'impression d'être debout à l'arrière d'un avion, un parachute sur le dos, au côté d'un instructeur qui m'encouragerait à sauter. Il suffit de s'élancer dans le vide, de mépriser les problèmes de dos, de vertige, ma peur panique du vide : « Vas-y, saute, allez, c'est facile... » Oui, je sais, je l'ai déjà fait.

J'ai attrapé mon téléphone, mais je ne connaissais plus son numéro par cœur ; juste la terminaison : 65, la même que mon proviseur, ma femme de ménage et Capucine qui me faisait sursauter chaque fois que son numéro s'affichait sur l'écran de mon téléphone. 65, je ne me souvenais que des deux derniers chiffres. J'en avais oublié huit.

Alors, je consultai mon agenda, un Filofax en cuir bleu marine devenu noir tant il était usé, décousu aux quatre angles et dont la pression ne fermait plus. Jules n'était même pas inscrit à sa lettre, trop dangereux ; j'avais commencé par le gommer, comme s'il suffisait d'effacer les gens d'un carnet pour les oublier. Puis, je l'avais rangé dans une rubrique peu probable, entre un tapissier et un plombier que je ne consultais jamais depuis que les travaux d'emménagement étaient terminés.

Voilà Jules glissé entre M. Topolo, le tapissier, et M. Cérano, le plombier, à la page « corps de métier » ; par hasard, sans ironie, mais avec un sourire à la relecture. Juste une initiale et un numéro inscrit au crayon, à peine lisible, mais lisible quand même : dix chiffres. Un seul coup d'œil suffit à me les remettre en mémoire.

Avec le téléphone sans fil, je pourrais marcher le long du couloir en lui parlant, je ne serais pas prisonnière.

Je décroche, la panique me prend. S'il est vrai que la cohérence du rythme cardiaque affecte directement la performance du cerveau, j'étais mal partie. Que dire ?

« Bonjour », bien sûr, mais après ?

Quelque chose comme : « Tu ne sais pas ce qui m'arrive ? » Il répondra : « Non ? » Comment pourrait-il savoir ce qui m'arrive ? Mais, à la manière dont il prononcera ce « non », à ce qu'il trouvera bon d'ajouter juste après ou pas, je connaîtrai son état d'esprit et je saurai s'il vaut mieux freiner des quatre fers ou aller de l'avant.

J'avais déjà sauté en parachute, un jour de déprime à la montagne, un jour sombre où je ne sentais plus rien, un jour où l'envie de vivre m'avait quittée, je me suis lancée dans le vide pour retrouver la sensation d'exister, fût-ce par la peur. Mais cette fois, le saut dans l'inconnu, la réception sur un terrain accidenté risquait de me plonger dans le chaos, le vide psychologique qui, déjà, avait failli me tuer.

Capucine disait : « Quand bien même tu retrouverais la lettre, crois-tu que quelques mots suffiront à combler tout ce que tu as envie de l'entendre te dire ? Aucun mot ne peut satisfaire ta demande d'amour, Indiana, elle est si grande. Tu vas être déçue, forcément. » Mais après dix ans d'attente, d'espoirs dissimulés, de rêves éveillés, de songeries romanesques, de vie continuée, que seront devenus ces mots ? Dérisoires, forcément dérisoires.

Assise en tailleur dans le couloir, le Filofax dans une main, ouvert à la page des travaux, le téléphone sans fil dans l'autre, je compose le numéro oublié : zéro, un... le tronc commun, je peux encore bifurquer, les numéros de la région parisienne commencent tous ainsi, j'appuie sur la touche cinq, du troisième chiffre, du premier distinctif en fait, quand la sonnerie de la porte d'entrée retentit. Je raccroche avec la rapidité d'une voleuse prise la main dans le sac, je me lève d'un bond, jette le Filofax et le téléphone sur un canapé, rajuste mon survêtement comme si j'étais surprise en train de batifoler, passe une main dans mes cheveux, pas même brossés depuis la veille, tousse pour m'éclaircir la voix, m'ébroue pour retrouver mes esprits et sortir du film que j'étais en train de me jouer et, malgré ce déploiement d'énergie, je me dirige tel un zombie vers la porte d'entrée.

On sonne à nouveau.

Ma fille a oublié ses clefs ?

Quelle heure est-il ? Ma montre marque deux heures de l'après-midi. Ils auraient abandonné leur intention de se rendre au cinéma ? À cette idée, je suis prise d'un sentiment complexe, entre déception et soulagement. L'aventure s'arrête là. La destinée décide pour moi. La sonnerie de la porte d'entrée marque la fin de mes enfantillages, de ma folie.

Si seulement ma grand-mère avait pu rentrer plus tôt ce dimanche où la sale gamine de neuf ans que je fus avait organisé une vente en son absence. Une vraie brocante sur le trottoir de la rue de Courcelles, où nous habitions, réunissant tous les objets de valeur qui garnissaient notre petit appartement. Une idée folle, afin de récolter de quoi acheter la maison des Barbie dont Capucine et moi rêvions.

Cette jobarderie, qui me valut une mémorable fessée et la menace de la pension chez les dominicaines, m'avait emportée un dimanche matin.

Les dimanches ne m'allaient pas.

La sonnette.

Ils doivent revenir du pique-nique, Myriam toujours pressée sonne la première tandis que son père gare la voiture.

« J'arrive ! » Où, je ne sais pas, j'ai la tête ailleurs. J'attrape ma lettre, malgré l'affolement, je ne la laisse pas. Où la cacher ? Je ne veux plus m'en séparer. Je cherche une poche où l'enfouir, pas de poche. Je la glisse dans l'élastique de mon pyjama afin de la dissimuler. Et si Christian, peu suspicieux à l'accoutumée, remarque une rotondité, soulève la veste et me questionne : Le facteur est passé ? Un dimanche matin ?

Je ne lui donnais guère l'occasion d'être inquiet ; je suis plutôt une épouse attentive, mis à part lorsque j'arbore, comme aujourd'hui, la mine de celle qui a vendu tous les meubles de la maison et son âme avec. D'ailleurs, qu'ai-je fait de mal ? J'ai rêvé, j'ai à nouveau essayé de résoudre des problèmes insolubles. Je ne renonce pas beaucoup. Quand j'étais petite, non plus, je ne renonçais pas, ni à la maison des Barbie, ni aux indifférents... L'abandon ne me ressemble pas. Qu'avais-je avancé pour me disculper ? Je me souviens de l'envie irrésistible de posséder cette maison à étage : une chambre à coucher miniature tapissée de plumetis rose, un placard rempli de robes du soir, une salle de bains avec une coiffeuse couverte de flacons en verroterie au premier et, au rez-de-chaussée, une cuisine avec des casseroles de toutes les tailles, un salon avec mezzanine comme dans les magazines, d'amples canapés dans lesquels ma poupée pourrait se prélasser. Je l'avais eue, finalement, et il fallut trois déménagements et quelques regards goguenards pour envoyer ce bazar plus de mon âge au Secours catholique.

Je me dirige vers la porte d'entrée, me cogne légèrement à une table basse, toujours la même table. Je l'insulte, elle a l'habitude.

Dans la vie comme dans un appartement, on se cogne toujours aux mêmes endroits.

Capucine a tort de prétendre que je n'aime pas perdre. Il ne s'agit pas d'un jeu, mais de la peur de voir s'éloigner ceux que j'aime. Je veux garder tout le monde ; le mouton le plus noir du troupeau, aussi.

– Voilà, voilà, j'arrive ! dis-je, oubliant que cela ne sert à rien, que derrière la porte blindée, ainsi installée quand nous avons loué l'appartement, rien ne s'entend.

Cette interruption est une chance, elle arrive à point. Pendant les mois qui suivirent la perte de la lettre, j'étais comme un animal effrayé, tapi au fond de sa cage. Longtemps, le soleil ne m'a pas réchauffée. La rêverie avait été une prison et la lettre, avec les tentations qu'elle réveillait, me terrifiait. J'espérais avoir la force de la lire avec autant de détachement que les pages saumon du *Figaro*. Assouvir une curiosité, rien de plus.

– Maman, tu as été longue !

Je la serre dans mes bras, mais la sensation de bonheur qui normalement m'envahit quand je vois ma fille reste superficielle. La sensation ne va pas loin. Je suis ailleurs, je suis partie. Je suis dans la maison, mais j'ai quitté la maison. Je viens de retrouver une lettre et j'ai envie de l'ouvrir, je ne vais pas pouvoir sortir, je suis prisonnière.

– Tu viens au cinéma ?

Je parle comme une automate, je ne sais pas très bien ce que je dis, je sais seulement que j'ai encore besoin de quelques heures de solitude.

– On a oublié de prendre de l'argent...

Quand j'en aurai fini avec ce qui me préoccupe, je pourrai me réjouir à nouveau d'avoir une fille de sept ans, partager son excitation de petite gamine qui va au cinéma avec son papa et espérer qu'elle ne me ressemble pas dans la manière de s'embarrasser du passé. Rien, je ne veux rien laisser filtrer de la mélancolie qui m'envahit. Être adulte, c'est contrôler ses émotions, et j'ai du mal.

Voilà pourquoi je redoutais d'avoir un enfant un jour. Je suis debout en face d'elle et j'ai l'impression qu'une vitre nous sépare : rien de ce qui se déroule de l'autre côté ne me touche. D'un côté le lac, le Bois, les pop-corn, le cinéma dont je me fiche. De l'autre, rien de particulier, de répréhensible. Je n'ai commis aucun adultère, juste le parfum du passé qui m'éloigne et m'étourdit.

– C'était super le pique-nique. On a fait du vélo, mais aussi de la barque. Tu nous as manqué.

Je me déteste de ne pas savoir rompre la glace, de ne pas savoir traverser le miroir. Elle parle, et sa voix est lointaine à mes oreilles :

– Tu ne viens pas ? me demande encore ma petite

fille tandis que je lui tends un billet pour qu'elle reparte vite et qu'elle ne remarque rien d'anormal.

Elle tourne sa petite tête nattée d'un côté pour mieux m'examiner :

– Maman, ça va ?

Je ne l'entends plus.

Myriam a fait intrusion dans un dimanche, une vie parallèle à notre vie de famille sans interférence possible, elle a atterri dans un monde où elle n'a pas sa place. Elle n'existait pas à l'époque de Jules.

Parce que je m'inquiète quand elle traverse la rue, je croyais être protégée des tourments d'avant. Je pensais que seule la réalité vraie me ferait trembler pour toujours : le regard fiévreux de Myriam, le malheur qui touche une amie, un réacteur en feu, un accident de voiture, une opération, des événements concrets. Je pensais que devenir mère changeait la vision du monde. Je me suis trompée. À croire que les chimères ont leur part de réalité. Malgré une autre vie qui avait habité mon corps, la mélancolie est revenue, avec force et violence, un dimanche.

Je n'aime pas les dimanches.

Le dimanche est une pieuvre qui ne me lâche pas. Cette pieuvre-là sort des placards le jour du Seigneur. Inutile de me débattre, elle ne me laissera pas me réfugier dans l'obscurité d'une salle de cinéma, assise entre mon mari et ma fille, main dans la main, le regard happé par l'écran. Non, je devais rester, ne rien oublier, mettre de l'ordre dans ma vie, on n'avance pas en laissant des chantiers en friche.

La preuve.

– Tu n'es pas habillée ? Papa est en bas...

Ces mots-là viennent d'un autre univers, je suis en voyage sur la planète dimanche, je ne suis pas là et j'ai du mal à retrouver le vocabulaire de cette vie, je dis et cela me coûte :

– J'ai traîné, tu sais, le dimanche... je vais vous retarder, dimanche prochain, je viendrai au Bois, et même au cinéma.

– Tu es sûre de vouloir rester seule ?

– Oui.

Et je pousse ma fille dehors afin qu'elle n'assiste pas à ma transformation dominicale. Parce que je vais me transformer, je le sens. Comme si une autre poussait à l'intérieur de moi, me plongeait dans un univers oublié. J'allais abandonner tout ce que j'aimais, muter, muer, bouger, changer d'état d'esprit.

Le brouillard comme une nappe envahit mon âme.

Ma petite fille a claqué la porte et a dévalé l'escalier avec toute la vitalité caractéristique de son âge, et je suis à nouveau seule avec les démons du dimanche, les conseils contradictoires de Grannie et de Capucine, ma lettre, un numéro de téléphone qui n'est peut-être plus attribué et mon incapacité à profiter de ce que j'ai parce que je suis une autre aujourd'hui.

Je ne ressemble à celle d'aucun autre jour de la semaine, ni même à celle du samedi.

Dépression dominicale

La transformation s'est opérée insidieusement vers dix heures le matin, après ce que l'on appelle vilainement « la grasse matinée ». Un gros mot bien trouvé, un mot qui roule et ronfle comme un dormeur, un mot épais et pâteux comme celle qui a dormi tout son soûl et qui ouvre un œil bouffi sur le septième jour de la semaine, le jour maudit consacré au repos.

Quand j'étais enfant, ma grand-mère et moi, chapeautées et gantées, allions à la messe le dimanche matin, on rencontrait le curé et les paroissiens. Parfois, là, sur le parvis de l'église, un déjeuner, qui nous retenait bien jusqu'à quinze heures, s'organisait et une partie de la journée était entamée.

Un dimanche coupé en deux est deux fois moins nocif qu'un dimanche entier.

Mais les chrétiens ont cessé de se consacrer au service de Dieu et Dieu, pour se venger, a transformé le jour du Seigneur en *Bloody Sunday*. Voilà ce qui pend au nez des impies, des renégats, des païens et des mécréants ! Plus de vêpres, plus de communion, plus de bavardages sur le parvis. Il leur pend au nez le néant de quatre murs et de l'inactivité, le cafard noir, la dépression dominicale !

Manger plus le dimanche, plus longtemps, plus de graisses et de lipides le dimanche ; plus de beurre sur les tartines, plus de tartines, des œufs et parfois même du bacon rissolé dans l'huile.

Si tous les jours ressemblaient au dimanche, il n'y aurait que des obèses névrosés sur terre ; des fous, des maniaques, des pansus, des replets, des grassouillets, des rondelets qui s'empiffrent de lipides pour oublier leurs idées noires. Rien d'autre à faire que manger, ranger, regarder la télé, en mangeant aussi. Les restaurants sont bourrés et les frigos vides. Ne surtout pas travailler le jour du Seigneur. Seuls les artistes, qui d'ailleurs feraient mieux de s'abstenir, exercent leur art et peignent mal, le dimanche.

Peu font leur toilette, les barbes poussent, les poils se déchaînent, les ongles s'encrassent, les cheveux s'alourdissent, on s'abandonne à l'indigence du jour. Puis, le déjeuner encore, la valse des plats réchauffés, les restes du samedi, le Pizza Hut, le Chinois du coin, la vaisselle qui s'empile, la machine à café qui s'emballe pour ouvrir les paupières sur la descente aux enfers : l'enfer du plein ou l'enfer du vide, question de tempérament. Ainsi se départagent les malades du dimanche. Je vacille entre les deux : je commence par l'angoisse du vide, pour finir par celle du plein.

L'angoisse du plein, c'est l'angoisse du lendemain.

Manifestation : sensation de chaleur au fond de la gorge.

Déclenchement : l'idée de la sonnerie du réveil, du froid, du dehors, du métro, du collègue de mauvaise humeur, du premier rendez-vous, de ceux qui vont s'enchaîner, de ce déjeuner ennuyeux, du courrier en retard, du cartable de Myriam à préparer, des devoirs, de l'orthodontiste à dix-huit heures trente, tout devient source de stress.

L'angoisse du vide, c'est l'immédiateté, c'est le présent aveuglant, plus fort et plus obsédant que le futur. Pas de projection possible, impossibilité de voir plus loin que ce jour qui n'en finit pas, que ce téléphone qui ne sonne pas le dimanche, que ces secondes qui ne s'écoulent pas, que cette vacuité, que ce rythme arrêté, que cette petite mort, cette incapacité à meubler le temps, à organiser, que ce laisser-aller, cet endormissement général, ce temps long, graveleux, licencieux, ces gens tous obscènes à déambuler chez eux, vides de toute contrainte, de toute ambition, à part le film du soir.

J'ai reçu une lettre un dimanche. L'incongruité vient de là. Le dimanche, les postes sont fermées, les pouces sont levés, les parenthèses sont posées.

La poste ne fonctionne pas, les facteurs dorment. Cette intrusion n'était pas autorisée. Recevoir une lettre le lundi, c'est normal, même si elle sort d'un placard, tout est permis le lundi, mais un dimanche ?

Quand ma fille a claqué la porte, j'ai regretté de ne pas l'avoir suivie.

Dehors, c'est moins dimanche que dedans.

Je préfère l'angoisse du plein à l'angoisse du vide. Elle est moins mortifère.

Sous mon pull, coincée entre ma peau et l'élastique de mon pyjama, une lettre m'attend, la vie, l'ancienne vie qui peut déboucher sur la nouvelle. Un jour, un ami écrivain me disait que, pour lui, chaque livre publié est un billet de loterie ; chaque lettre aussi. Entre les vernissages, les remerciements, peut se glisser une invitation à une autre vie, quelques mots suffisent à bouleverser une destinée.

Après la sortie de mon essai sur Goethe, j'ai reçu chez mon éditeur la lettre d'un homme, qui se disait *gentleman farmer*, poète et rêveur, m'invitant à le rejoindre un soir de juin, dans un restaurant suffisamment connu pour que je ne me sente pas perdue, il porterait un chapeau.

Appeler Jules dix ans plus tard, c'est comme se rendre à l'invitation d'un homme que je ne connais pas, personne n'est le même dix ans après, ni lui ni moi.

L'appeler, c'est répondre à une petite annonce dans *Libé* ou *Le Nouvel Obs*, la mémoire en plus. La mémoire suit, la mémoire colle, et les expérimentateurs n'en sont pas forcément les bénéficiaires. J'avais été mon éducateur sentimental, j'aurais dû armer mon bras, endurcir mon cœur, aguerrir mes oreilles au chant des sirènes. Son chant ? Pourquoi l'entendais-je encore ?

Les dimanches sont des voyages dans le temps.

Le pyjama est une camisole. Il enferme, il maintient arrimé à un fauteuil, un morceau de moquette, il garde entre quatre murs, conserve un état d'esprit, pas moyen de s'en sortir tant que l'on porte la tenue pour dormir.

À force de tourner dans une machine à laver, le coton rayé a perdu sa rigidité, il est devenu doux comme une seconde peau. Les tourments du dimanche s'additionnent aux restes de la nuit, redoutable cocktail. Si je trouvais la force de me hisser jusqu'à la douche, de revêtir une tenue de ville, de brosser mes cheveux et mes dents, de vaporiser un souffle de parfum derrière une oreille, je quitterais l'enveloppe des fantasmes de la maison et du noir. Mon pantalon bâille et la veste mal boutonnée, aux manches déformées, me donne l'allure d'une noctambule. Il a vieilli, mon pyjama, à trois reprises j'ai recousu un bouton, rapiécé un revers. Il y a ainsi des vêtements qui vous suivent toute une vie et vous donnent la sensation d'être la même.

Je l'avais acheté pour partir en week-end avec Jules dans le Midi. Une veste et un pantalon pour changer d'allure, pour troquer les chemises de nuit à fines bretelles contre un air androgyne. Il avait ri et me l'avait enlevé à peine enfilé.

Le pyjama a changé, pas mes sentiments. C'est inquiétant de ne pas évoluer.

L'instant précis ressemble à un air souvent fredonné qui revient en mémoire à cause de pas grand-chose, une lettre, un pyjama, la conjonction des deux sous l'égide d'un dimanche ensoleillé.

Est-il possible de ne jamais en finir avec celle que l'on était jadis ? Celle que l'on était peut s'assoupir, jamais s'endormir. Et un jour, un dimanche par exemple, elle peut se réveiller, s'installer, reprendre possession et nous renvoyer un temps à celle que l'on était. Une visite. Une irruption qui me rend étrangère à ma vie actuelle.

J'ai bien senti le décalage quand ma fille est arrivée, j'étais enfermée dans mon pyjama, dans mes pensées, dans un autre monde, un vieux monde, un passé, je voyageais, j'étais lointaine, détachée, indifférente, je m'étais éloignée.

Le triangle des Bermudes n'est pas que dans l'océan Atlantique, il se terre dans chacun de nos appartements, tapi quelque part à attendre que quelqu'un tombe dedans. J'étais tombée dedans. Je tournais avec le vent, emportée par les vagues monumentales, je tournais, la tête en bas, sans savoir si je reverrais le rivage.

Je revivais un chagrin. Intacte, inchangée, j'avais glissé dans une autre moi, une moi qui avait existé, il y a longtemps. Est-on jamais sûre de revenir quand de telles interférences se produisent ?

J'avais des responsabilités à présent. J'avais un mari, un enfant, un job. Je n'étais plus l'étudiante célibataire que Jules avait connue, je ne pouvais pas rester la tête dans les étoiles et les pieds dans la réalité.

Qui avance ainsi sans tomber ?

Je me souviens, la nuit.

Nous dormions en cuillères, encastrés l'un dans l'autre, j'aimais cette sensation de sérénité que m'offrait son corps qui épousait le mien. Jamais je n'ai plus été avec lui que dans un lit. Où que nous soyons, nous dormions ainsi, cette position c'était notre façon de nous protéger du monde, de nous dire que personne ne pourrait rien contre nous. Les yeux fermés, je sens l'empreinte de son corps contre mon dos, mes fesses, mes jambes, je sens encore son poids sur mes épaules, sa jambe qui s'avance entre les miennes, son bras glissé autour de ma taille, ainsi prenait-il possession de moi. Il disait que les couples se reconnaissent dans le sommeil plus que dans tout autre chose.

Nous dormions bien ensemble.

Il est là, cet homme qui s'abandonnait de temps à autre contre moi, allongé, dénudé, dévoilé enfin entre les lignes d'une lettre. Je vais l'appeler. J'ai l'impression de sortir d'un long dimanche qui a duré dix ans et que la chute d'un chapeau a interrompu.

Il se souviendra. Même s'il ne s'est pas englouti dans le triangle où les bateaux et les hommes se perdent, il l'a côtoyé lui aussi, forcément, sans pour autant m'appeler.

Les hommes résistent au téléphone, c'est génétique.

Quand la tornade s'est levée, il a dû rester arrimé à son radeau, le dos courbé, il a attendu que la tempête se calme, il a lu les journaux, il a travaillé, il a rejeté les pensées qui l'emmenaient vers moi, ils font ça très bien les hommes.

Jules monte alors que je plonge. Les hommes éliminent, remettent, et les femmes glissent, elles aiment ça, la descente, elles freinent toujours trop tard. Ce doit être génétique, aussi. Tout est programmé, pas grand-chose à faire, juste à suivre le guide. Nous sommes différents, une évidence rabâchée, et si nous ne l'étions pas, nous ne nous aimerions pas. Voilà.

J'appelle du fond de mon dimanche dont le temps ne s'écoule pas, avec la crainte d'être manipulée par ce jour morose plus que par un homme.

Quelle heure est-il ? Seize heures trente, à peine ? Plus que sept heures et demie à passer, et j'en aurai fini avec la mélancolie.

À partir de dix-neuf heures, les turbulences commencent de s'apaiser, on n'est déjà presque plus dimanche, les zones d'agitation les plus redoutées se situent en milieu de journée, pas en fin. Lundi se profile enfin. La libération. À minuit, il est probable que les idées noires se seront dissipées, mais le sommeil m'aura emportée, il sera trop tard pour en avoir conscience. Le lendemain, tout rentrera dans l'ordre. La malchance est que cette lettre me soit tombée dessus dès le matin. L'écriture de Jules serpente devant moi comme un chemin sans issue, une route dans le désert qui ne mène nulle part. Que de drames autour d'un bout de papier ! Et si j'empruntais le chemin ? Au fond de moi, quelque chose me dit que je dois parler à cet homme, que la route n'est pas pavée de ronces comme ma grand-mère le redoutait, que l'histoire du Loup et du Petit Chaperon Rouge est démodée, que les femmes ne sont pas toujours les éternelles victimes de leur époque et, pourtant, j'ai décidé de m'écouter.

On est moins malheureux quand on l'est par soi-même que par l'intermédiaire d'un autre. J'avais subi des pressions, je les avais acceptées, persuadée que l'autre pensait mieux que moi. J'avais été suffisamment sous influence pour donner libre cours à mes folies, fussent-elles dominicales.

J'ouvre le carnet, ajuste mes lunettes et tape sur le cadran de mon téléphone le numéro de Jules. Facile, les choses se compliquent juste après. Est-ce que je regretterai cet acte de bravoure à minuit passé ? C'est fou comme on peut rêver pendant des lustres de faire une chose aussi simple que téléphoner et s'en empêcher. Quand je le rappelais trop vite, quand plusieurs fois, avant de m'endormir, je voulais l'entendre me dire « je t'aime », j'avais l'impression que mon crédit s'amenuisait, mais après avoir épargné pendant dix ans, j'avais de la marge, le navire était renfloué, je pouvais y aller.

J'y allai.

Folie d'un dimanche après-midi

Le prétexte est actuel : j'appelle sur la latitude d'il y a dix ans, avec un mobile d'aujourd'hui.

Je tente : « Bonjour, devine ? J'ai retrouvé la lettre, je ne l'avais pas ouverte et, quand j'avais voulu la lire, je l'avais perdue... »

Mauvaise introduction, trop d'informations d'un seul coup, plus le choc de m'entendre après si longtemps ; j'allais l'assommer, il serait muet comme une carpe. Déjà que les hommes ont une fâcheuse tendance au silence. Appeler et laisser venir ?

Impossible, le hasard est trop maladroit ; je dois préparer mon propos, sans lire, sans ânonner, aucune erreur ne m'est permise.

Et la spontanéité ? On n'appelle pas une décennie plus tard spontanément. Celui qui s'y risque est un ressasseur, un empêcheur de tourner en rond, un romantique, un mélancolique, un romancier, un anormal.

Pour avoir déjà interviewé, je sais que préparer ses

questions ne sert qu'à se rassurer. La première réponse guide la seconde, et ainsi de suite. Que dire ? « Bonjour, c'est moi » ?

Va pour « Bonjour, c'est moi ». Il enclenchera. Sonnerie, une, deux, trois, une voix enrouée, une voix du dimanche répond : la sienne.

Je dis :

– Bonjour.

La moitié des mots prévus. Classique.

Silence. Classique.

Un seul mot peut faire revenir une maîtresse dans une vie.

Était-ce le cas ?

Comment oublier sur commande ?

– C'est toi, Indiana ?

Un mot a suffi, il savait. Je l'avais reconnu à sa voix sensuelle et feutrée, mais aussi à sa façon de prononcer mon prénom. Il disait Indiana en appuyant sur le second *i*, comme les Américains. Une sensation de chaleur m'envahit, un souffle comparable au désir.

Des années après, alors que la vivacité avait été endormie, que, blessée, j'avais essayé de trouver ailleurs la sérénité, voilà que l'intensité réapparaissait, violente, et qu'un pincement aigu réveillait mon corps.

La passion veillait.

Chez les êtres capables de la vivre, elle ne dort jamais tout à fait, elle somnole, elle attend l'homme capable de la réveiller.

La passion n'est pas volage.

Nous étions encore des amants quand nous ne l'étions plus.

La mémoire entière me revenait, tous les mots qu'il m'avait dits et ceux que j'avais cru entendre. Ce que nous avions vécu était suspendu quelque part en moi. Cet homme n'avait jamais cessé de m'habiter.

– Indiana, c'est toi ? Je n'en reviens pas.

Je n'ai plus de voix, juste un filet pour approuver.

J'ai peur de m'emballer, de partir seule, sans lui, sans qu'il me suive, je galopais vite vers ces sentiments extrêmes et, sur ce terrain, peu d'hommes avaient été capables de me rattraper. N'avais-je pas tout construit seule ? Souvent la mélancolie m'assombrissait alors qu'ils aimaient la légèreté.

Puis se déroula un temps long sans que ni l'un ni l'autre ne prononcent un mot. Nous étions abasourdis, incapables de réaliser ce qui nous arrivait.

Il a dû sentir qu'après ce premier pas je ne pouvais plus avancer s'il ne me venait en aide :

– Ça fait longtemps...

Je souris dans le noir de mon couloir, toute recroquevillée sur moi-même, je souris par timidité, sans me rendre compte qu'il ne peut pas me voir. Le moment est vif et agréable, malgré tout. Je lui demande « s'il se reposait ». Avoir été amants autorise ce genre d'intrusion dans l'intimité, la journée la plus décontractée de la semaine aussi. Nous faisions l'amour en fin d'après-midi, le dimanche, puis nous somnolions. Il trouve d'ailleurs normal que, dix ans après, je l'appelle et m'inquiète de ne point le troubler. Il sait que je sais. Il répond « Non, pas vraiment » sans s'en offusquer.

– Pardon si je t'ai dérangé, j'avais quelque chose à te dire...

Il attend. J'entends à peine son souffle, sa respiration est suspendue à mes mots.

Mais je ne puis plus parler. Mes mains glissent le long du combiné, je ne savais pas que les mains transpiraient. Les mots ne sortent plus de ma gorge, ils sont bloqués. Mon audace est au maximum. Il s'en doute, alors, de sa voix la plus attentive, il me demande si je ne préfère pas que l'on se voie pour parler.

Mais un jour, pas si éloigné, il y a peut-être quatre ou cinq ans, bien après la rencontre au cimetière, j'avais juré d'éviter cet homme, de m'enfuir si le hasard nous réunissait une nouvelle fois. J'avais compris au cimetière que son désir était devenu indécis, il m'avait regardée partir sans tenter de me rattraper, il avait laissé faire avec dépit et prétention. Tout cela était devenu mou. Six mois plus tard, lors de ce dîner dans un jardin, cette impression se confirma. Il ne gravirait plus des montagnes pour me retrouver. Notre tête-à-tête fut écourté et il ne fit rien pour changer le cours des choses. J'ai compris qu'il n'était plus disponible pour moi. Lui aussi avait peut-être eu son lot de blessures, il ne s'était pas opposé à l'homme qui était venu me chercher, malgré un compliment au creux de mon oreille il n'avait pas revendiqué son antériorité, il avait abdiqué.

La passion n'aime pas ce qui ne lui ressemble pas.

J'avais fui.

Un amour pas conclu cicatrise mal.

Je l'appelais pour qu'il m'aide à finir ; pour que je l'entende me dire qu'il ne m'aimait plus ; que c'était écrit noir sur blanc dans la lettre. Je le croirais et je serais guérie. Ma guérison passait par là.

J'appelais pour lui raconter une histoire et pour en finir avec une autre. J'appelais parce que je voulais arrêter à deux, comme tout le monde, pas seule dans mon coin. Je voulais qu'il avalise. Je voulais en finir avec la peur et la curiosité, en terminer puisque nous n'en avions pas eu le courage il y a dix ans. La lettre serait le prétexte. Notre amour, qui sous de divins auspices avait commencé, méritait une fin, une limite, un dernier chapitre.

Je l'appelais pour la sépulture, la rupture, le point final. J'étais prête. Je n'appelais pas pour le voir.

Étais-je malhonnête avec moi-même ?

Plus depuis qu'une de nos amies communes, au détour d'une conversation, avait nommé une interne qui serait sa maîtresse. Le nom de cette femme résonnait dans ma tête, je fuyais les endroits où je pouvais les rencontrer ainsi que toutes les personnes susceptibles de m'en parler. Ces rustres qui se permettaient de dire ce que l'on n'avait pas envie d'entendre. Je ne cherchais plus à savoir. Le nom de cette femme, suivi de « sa petite amie », m'avait brûlée comme une flamme. La bouche qui avait articulé ces mots demeura ennemie à jamais. Elle riait, la pipelette, trouvait cela très drôle, la cancanière : « Avec une fille refaite ! » ça l'amusait beaucoup.

Ensuite, il y eut Arthur, lors de l'exposition de photos. Cher Arthur que j'avais questionné, puis empêché de répondre. Je ne pouvais pas entendre parler de Jules sans me sentir exclue.

Je ne pouvais pas le voir sans avoir envie de le toucher.

Avec le succès, il était devenu une statue sur la place publique, on le connaissait, on émettait un avis sur lui, il appartenait aux lecteurs, aux malades, à ceux qu'il ne connaissait pas.

– Tu ne parles plus ? Tu as changé d'avis, tu n'as plus rien à me dire ? Tu es toujours aussi compliquée...

– Voilà pourquoi un jour tu n'as plus eu envie de m'entendre...

– Comment peux-tu dire ça ? Jamais je n'ai plus eu envie de t'entendre !

La voix est devenue forte, plus du tout enrouée, il scande et articule comme s'il était en colère :

– Je t'ai écrit une jolie lettre, si je ne m'abuse... et tu ne m'as pas répondu !

– Une jolie lettre ?

– Qui ne t'a pas marquée plus que ça... une demande en mariage ou quelque chose qui y ressemblait fort ! Mais qui es-tu ? À qui avais-je affaire ?

On m'aurait administré un grand coup de massue derrière la tête que je n'en aurais pas été plus assommée.

Je fus prise de tremblements, j'eus peur d'avoir compris l'erreur que j'avais commise... « Une jolie lettre ? » Je ne me suis pas permis de l'imaginer. J'aimerais gommer, revenir... mais nous ne sommes pas au cinéma, pas de zoom arrière, les erreurs ne s'effacent pas et le temps ne se rattrape pas.

Les larmes de la révolte coulent de mes yeux. J'éloigne le combiné de mon oreille et, dans ma tête, tout va très vite, le moment où j'ai reçu la lettre, celui où j'ai obéi à ma grand-mère, mon désespoir de ne plus la retrouver quand enfin j'étais décidée à l'ouvrir, toutes ces émotions fusent en moi et me transpercent. La cruauté vient de loin et n'en a que plus d'élan et de vigueur. Le temps se superpose, les couches se confondent. Ces mots me torturaient et ne m'apportaient que le regret. Peut-être faut-il persister dans ses erreurs et ne jamais rebrousser en cours de chemin. J'étais assise en tailleur, sur le sol, les jambes endolories par l'immobilité ; j'ai appuyé ma tête contre le mur parce qu'elle ne tenait plus très droit, ma tête, j'entendais la voix de ma grand-mère, sa méfiance. J'avais été la victime de cette peur ancestrale, chez les femmes, de ne pas être aimée. J'avais été le mouton docile du troupeau. J'avais réagi comme si j'étais elle, comme si Jules était l'infidèle amant argentin.

J'ai répété :

– Une demande en...

Mais il ne m'a pas laissé finir la phrase, comme s'il ne voulait pas m'entendre prononcer ce mot.

– Tu ne sais pas lire ?

Alors, j'ai dû passer à l'aveu le plus stupide de ma vie :

– Je ne l'ai pas lue.

Un bien long silence s'écoula avant qu'il ne lance enfin :

– Quoi ?

J'étais pétrifiée.

– Ta réponse se faisant attendre, j'ai imaginé beaucoup de scénarios, mais bravo, j'avoue que celui-là ne m'a jamais effleuré...

– Tu ne m'avais jamais écrit auparavant, alors j'ai eu peur. Je n'étais pas très en forme ce jour-là, je n'ai pas eu le courage d'ouvrir la lettre sur le moment, je l'ai cachée en attendant et, quand j'ai voulu la lire, je l'avais perdue.

– Perdue ? Tu ne m'as pas répondu parce que tu l'avais perdue ? De mieux en mieux, je rédige une lettre avec soin et avec amour et Madame la perd ! Tu aurais pu m'appeler pour me le dire !

– Je pensais qu'il s'agissait d'une lettre de rupture...

– Pardon ?

Silence. Moi, toujours pétrifiée.

– Rupture ! On avait dîné ensemble la veille, je t'avais raccompagnée chez toi, on y avait passé la nuit si je me souviens bien, et tu penses que le lendemain matin je te fais déposer une lettre de rupture ! Tu es folle !

– On s'était disputés dans l'ascenseur. À peine arrivés à notre étage, j'ai appuyé sur le niveau zéro pour gagner du temps et te convaincre de rester.

– Il a suffi de quatre étages. La tâche ne fut pas trop ardue que je sache. Trente secondes par niveau, quatre niveaux, au bas mot une minute trente, et tu m'avais convaincu, je ne sais même plus de quoi !

– Depuis quelque temps, je te trouvais différent, inquiétant...

– Inquiétant ? Tu es vraiment folle !

– Tu ne vas pas me gronder alors que je t'appelle...

– Dix ans après !

– Tu ne sais pas pourquoi je t'appelle ?

– Non.

– J'ai retrouvé la lettre ce matin.

Silence.

– À la scène, on appellerait ça un « coup de théâtre », non ?

– Ne plaisante pas...

– Et tu ne sais toujours pas lire ?

– Je ne l'ai pas encore ouverte... Cela m'a fait un tel choc, ton écriture, mon désespoir d'antan m'a submergée, j'étais terrifiée à l'idée de trouver des mots mauvais.

– Tu attends quoi, pour l'ouvrir ?

– Ta permission... dix ans après, les mots sont périmés, ils ne me sont plus destinés.

Petit rire.

– Je vais réfléchir... Tu es habillée ?

– Non, je traîne en pyjama.

– J'ai connu un pyjama rayé.

– C'est le même.

– Le rayé, avec des liserés bordeaux ?

– Tu ne l'as pas oublié ?

– Il était affreux, tu avais l'air d'un petit garçon avec.

– Pas longtemps... Et toi, tu es habillé comment ?

– Un tee-shirt et un caleçon.

– Ta tenue du dimanche...

– Je peux enfiler un jean et te retrouver au café, en bas de chez toi.

– Il n'y a plus de café en bas de chez moi, j'ai déménagé.

– Ah... c'était bien, pourtant, chez toi.

– Trop petit.

– Tu as quitté ta terrasse ?

– J'ai gardé les souvenirs. Et toi ?

– Mon appartement est identique à celui que tu as connu, une télé en plus. Retrouve-moi en bas de chez moi...

– Dans une demi-heure.

– Je t'attends.

Le dimanche où j'ai menti

Tandis que je parlais au téléphone, la sonnerie de la porte avait retenti ; j'avais tenté de l'ignorer, mais c'était difficile, la vie sans lui était là, carillonnante. Sa vie sans moi ne devait pas être très loin ; il ne m'avait pas proposé de monter. Aurais-je accepté ? Je me précipite vers l'entrée, évite de justesse la table basse. La morale me rappelait à l'ordre. Mon idylle prenait fin, à peine commencée. Comment sortir alors que la nuit est déjà tombée, qu'ils arrivent à peine, pleins d'histoires à me raconter ? J'ouvre la porte en m'excusant. Je mens alors que l'on ne m'a rien demandé :

– J'étais sous la douche.

Premier mensonge.

– Tu ne peux pas savoir ce que tu as raté !

– Les films sans histoire d'amour ennuient maman.

Ma fille avait raison, mais il n'y avait pas que les films. La vie aussi.

– Qu'est-ce que tu as fait toute la journée ?

Qu'est-ce que j'avais fait ? Un scénario ? La tête me tournait, je ne savais plus si j'étais dans le vrai ou dans le faux, si la rêverie avait débordé sur ma vie ou le contraire. Il est probable que la vie est une imbrication des deux. L'intrigue est une drogue, une manière de se prouver que l'on existe. L'attirance des hommes difficiles, un sport. De ce point de vue, avec Jules, j'avais été comblée. Ne l'avais-je pas aimé parce qu'il m'échappait ? Le sentiment que j'avais conçu pour lui pouvait m'attirer plus que lui-même. Peu importe, d'ailleurs. Il y avait là quelque chose d'inachevé, un paysage en friche, une contrée à découvrir. Qu'allais-je faire ? Avant de partir en voyage, me prenait toujours l'envie de rester, puis une fois dans l'avion, l'angoisse se dissipait.

Je voyais flou, les images de la maison n'étaient pas nettes. J'étais déjà partie. Y avait-il une différence entre être absente physiquement et absente dans sa tête ?

– Qu'est-ce que tu as fait ?

Qu'est-ce que j'avais fait ?

– Rien...

– Rien, tout un dimanche ? Tu n'es même pas sortie avec ta grand-mère ?

– J'allais justement la rejoindre, faire quelques pas pour prendre l'air.

Deuxième mensonge.

Avec le temps, on acquiert sûrement assurance et imagination.

– Tu ne vas pas sortir en pyjama ? En plus, je ne sais pas pourquoi, je ne l'ai jamais aimé, ce pyjama...

Je savais pourquoi, moi.

– ... et puis, j'arrive à peine...

– Je vais faire vite.

– Il fait froid.

– Je vais me couvrir.

– Tu tiens vraiment à sortir ?

Christian me regarde, sidéré. Je n'aime pas la sensation d'inconfort qui accompagne le mensonge. Nietzsche disait : « Fais tout le mal que tu veux, si tu le peux. » Je ne suis pas sûre de pouvoir beaucoup. Est-ce pour m'arranger avec ma conscience coupable, cette impression de partir pour mieux revenir ?

Je vais enfiler un jean.

Je me regarde dans la glace, j'ai changé, sûrement, et je manque de temps pour me préparer, mais l'essentiel n'est plus là.

Je claque la porte, mes vêtements ne me conviennent pas, mes cheveux ne sont pas coiffés, j'appelle ma grand-mère, je lui demande de ne pas chercher à me joindre et si Christian me cherche, je suis sortie lui faire quelques achats. Elle est étonnée, mais s'adapte assez vite à la situation, elle ne pense pas à Jules. À un autre ? Je ne dis rien. Ce moment n'appartient plus qu'à moi.

– Ma petite fille, tu ne vas pas faire des bêtises ?

– Bêtise ? Ça veut dire quoi ?

Je l'ai déjà faite, la bêtise.

– Tu vas faire quoi ?

– Rattraper le temps.

– On ne rattrape pas le temps, c'est le temps qui nous rattrape. J'ai peur quand tu dis des choses comme ça.

– Je n'ai plus peur.

Faux, c'était une peur d'une origine différente. De frein, la peur était devenue un moteur. Elle me faisait avancer dans les rues, marcher vite, dépasser les flâneurs du dimanche, la tête dans les nuages et les pieds sur la terre. J'avais rendez-vous avec l'homme que j'avais aimé et, je venais de l'apprendre, qui m'avait aimée. Je n'étais plus cette femme rejetée à laquelle je m'étais identifiée. J'avançais, le buste droit, la poitrine gonflée, le doute dissipé. À force de volonté, j'avais fini par oublier la proximité de nos domiciles, oublié qu'à quelques rues de moi il s'endormait tous les soirs. Le soleil colorait la ville de ses derniers feux, les immeubles anciens devenus orange étaient encore plus magnifiques, des groupes d'hommes et de femmes pressaient le pas pour rentrer chez eux alors que je le pressais pour arriver. Le froid ne m'atteignait pas, le soleil qui brillait en moi me réchauffait suffisamment. Je partais à la rencontre de ma vie perdue. J'allais mesurer les dégâts. Reportage sur un tas de cendres, excursion de l'impossible. Que restait-il de nos amours, dix ans après ? Une curiosité, revoir l'autre, réveiller un souvenir, raviver une émotion pour se sentir encore vivant. Peut-être rien de très romantique. Le trouble, que je n'avais jamais cessé de ressentir, pouvait disparaître face à un homme qui ne ressemblait plus à celui de mes fantasmes, dont on devinait qu'il aurait un vieux corps pansu, à moins qu'il ne soit du genre à se décharner. En aucun cas il ne surveillerait son alimentation, il était de ceux qui boivent et mangent sans compter, de ceux qui vivent.

Je ne détestais pas l'idée de ne plus le retrouver comme dans mes rêves pour m'en libérer ; mais je redoutais fort que l'apparence ne suffise pas à m'en éloigner, mon attachement était plus « grave ».

La prudence aurait dû me garder dans ma cuisine à concocter un dîner assez mauvais, il faut bien l'avouer, mais peu importe, une femme honnête, structurée, une mère de surcroît, n'abandonne pas sa famille un dimanche à la nuit tombée.

Ma grand-mère, si je l'avais consultée, m'aurait conseillé d'attendre le lendemain : « La nuit porte conseil », et parce que le lendemain nous serions lundi : « La vision du monde change le lundi, le lundi on sort du chaos. » Je ne lui ai rien dit pour ne pas être bloquée, elle détestait Jules et les dimanches, la conjugaison des deux pouvait la rendre folle. Puis, je ne voulais pas la confronter à sa méprise. Alors, je désobéissais, je sortais de la tutelle conjugale, de l'autorité parentale, son erreur m'avait affranchie.

Je suis partie. Le voyage n'était pas sans risques,

l'horloge des femmes et celle des hommes ne battent pas la même cadence, il est probable qu'à force d'être en avance, je serai en retard.

Les hommes attendent intensément mais pas longtemps. Gêne, mimétisme, atavisme, depuis Pénélope l'évolution des femmes n'est que fanfaronnade.

Je hâte le pas vers mes chimères, je cours presque, mais il faudrait voler pour rattraper le temps. Le temps file et se faufile entre les doigts de celui qui ne le mérite pas.

Les mots secrets pèsent plus lourd que les autres

Grannie avait fini par avoir raison.

Oui, il est probable qu'après m'avoir espérée, après avoir rempli sa vie de toutes sortes de filles, Jules m'ait effacée ou plutôt que je me sois estompée comme un pastel mal verni. Il en va ainsi dans la vie des hommes comme des mots dessinés sur le sable qui ne durent que le temps d'une marée.

La marée était montée, la marée m'avait emportée.

Il m'avait oubliée. À moins qu'en m'apercevant toute vacillante au coin de sa rue, les sentiments du passé ne resurgissent. Mais nos situations étaient déséquilibrées, j'allais vers lui après mûre réflexion, alors que je l'avais sorti de la paresse d'une fin de dimanche après-midi. Il m'avait donné rendez-vous « en bas » parce qu'il n'était pas seul « en haut » ? À moins que ce ne soit par délicatesse, de celles que l'on réserve à une ancienne maîtresse.

Savait-il que j'avais eu un enfant ? Devais-je le lui dire ?

J'aurais voulu être libre mais, à mesure que je me rapprochais, je me sentais empêchée, l'amour d'un enfant avait pris possession d'une partie de mon cœur, je n'étais plus la jeune femme d'autrefois qui, à chaque pas, faisait virevolter les volants en mousseline de sa jupe vert amande. Non, ma silhouette, ma démarche indiquaient qu'une chose en moi s'en était allée, une fluidité, une insouciance peut-être. Mon pas, bien qu'alerte, était plus mesuré, je marchais dans la rue, je ne flottais plus. J'avais porté l'enfant d'un homme qui n'était pas lui. Mon corps déformé par la grossesse avait, à quelques rondeurs près, retrouvé son apparence, mais j'avais porté la vie, j'avais posé un pied sur la terre. Je ne pourrais plus être l'amoureuse absolue, l'écervelée, « l'amoureuse la plus mignonne du monde », comme il s'amusait à m'appeler. Mon cœur était partiellement pris, j'avais encore de la place pour lui, mais plus toute la place. Il pouvait être dans mes pensées, mais plus tout seul. Ma grand-mère m'avait abreuvée de ses mots, sans beaucoup d'efficacité, mais ses mots revenaient et je les entendais, malgré moi : « On fait toujours l'éloge de l'amour alors que l'on devrait faire l'éloge du désamour », et encore : « Je me demande si, en ce qui concerne la passion, la descente n'est pas mieux que la montée, on se sent si légère ! » Je ne savais pas si ma légèreté soudaine était celle de la fin ou celle du début.

Propos de femme qui avait connu le chagrin d'amour et qui, en voulant se protéger, en avait déclenché un autre. La sensation d'injustice qui m'envahissait devait ressembler à celle des victimes d'une erreur judiciaire. Le prévenu m'aimait, il n'était pas coupable.

Je n'en voulais qu'à moi. Tant pis pour moi si j'étais toujours prête à croire que l'on ne m'aimait pas. Et si, à cause de ce manque d'assurance, j'avais tout gâché. Inutile de revenir en arrière.

J'avais rendez-vous avec Jules. Après dix ans, l'approche que l'on a du temps est différente. Il n'est pas improbable qu'une heure puisse réparer des années de souffrance et d'incompréhension. Je croyais au pouvoir des mots. Je les savais capables de me tuer mais aussi de me sauver. Il suffisait de trouver une logique, une justification à ce qui semblait ne pas en avoir. Hâtons-nous de donner aux vivants les mots qui leur reviennent, je souhaitais, même si cela m'était pénible parce que j'étais l'épouse d'un autre homme, que celui-ci sache que je l'avais aimé. C'était un devoir. J'allais m'acquitter en quelque sorte d'une dette, lui rendre ce qui lui revenait. Ce qu'il en ferait ne me concernait pas. J'agissais par rapport à moi, je me délivrais d'un poids, je voulais qu'il entende de ma bouche que je l'avais aimé, tant aimé. Ces mots lui appartenaient. Je marchais dans la rue pour les lui délivrer. Je les portais depuis longtemps, ils étaient lourds, ces mots, parce qu'ils étaient secrets.

Les mots secrets pèsent plus lourd que les autres.

J'étais mon propre messager.

Une nuit, je me suis réveillée en nage, j'avais fait

un cauchemar qui longtemps m'a poursuivie. Je lui parlais sur une tombe refermée. C'était trop tard, il ne pourrait plus m'entendre et personne, mis à part lui, ne pouvait me délivrer de mon secret.

Il me laissait seule sur terre, sans personne pour recueillir cet amour.

Il y avait eu les années Jules sans Jules.

C'était ainsi. Aussi absurde que cela puisse paraître, je l'avais aimé sans lui.

Encore quelques rues à traverser, les images de ma vie défilaient comme devant les yeux d'un homme en train de se noyer. Une sorte de clairvoyance tardive et désespérée. Combien de conversations, de larmes, de révoltes avant d'atteindre le cap de l'apaisement, le pouls, le rythme normal. De ne plus ressentir d'étouffements ni d'angoisses, cette impression de non-existence, la torture des envies brûlantes et inassouvies ?

La vie, ailleurs, un jour était redevenue envisageable, aucun horizon n'était plus aussi lointain, les portes du monde s'étaient ouvertes, des personnes entraient, des lieux surgissaient d'où ils étaient enfouis comme par miracle. Je renaissais. J'avais réappris à être moi sans lui. Un long et douloureux apprentissage avant de me retrouver, de m'habiter encore, d'aimer mon corps s'il ne l'aimait pas, de me permettre d'avoir du bien-être avec un autre. Je suis retournée en moi comme on retourne des années après l'avoir quittée, dans la maison de son enfance. J'ai découvert un autre univers, un univers qui a existé lui aussi, mais qui n'était plus le mien. J'étais cette nouvelle personne avec ce nouveau regard. Souvent on compare la perte d'un amour à la perte d'un bras, d'une jambe, à une amputation, l'image est galvaudée mais elle est juste.

J'ai réappris à marcher, jusqu'au moment où j'ai retrouvé la lettre : il est revenu comme s'il n'attendait que ça. Toute la violence, l'amour en moi, qui n'était qu'en suspens, s'est déchaîné et m'a inondée.

Sur le trottoir, un chien suit son maître, le journal dans la gueule. Parmi toutes les hypothèses envisagées lors de la disparition de la lettre, j'avais émis celle-ci : Mousse au Chocolat, complice de ma grand-mère, aurait trouvé et emporté l'enveloppe, il l'aurait déchiquetée et avalée, au fond de son panier elle était perdue à jamais.

C'était inéluctable, nous ne pourrons être l'un devant l'autre comme avant. Chacun avait une tranche de vie en plus.

Nous ne serons plus comme des livres ouverts, trop de choses ne nous concernent plus. On ne se mentira pas, on ne se dira pas tout non plus.

Trop d'actes, comme au théâtre, dans lesquels nous n'avions pas joué ensemble.

Je ne savais pas si une telle chose était possible : vivre partiellement avec une personne avec qui j'aurais voulu vivre totalement. Je ne savais pas. Mais on n'en était pas là. Je haïssais cette angoisse qui me faisait me projeter dans les situations pour les résoudre. Souvent, le dimanche, je voulais refaire le monde, c'était une manie. On ne résout rien à l'avance.

Quand je le verrai, je saurai. Son regard me dira. J'ai toujours su lire dans un regard. Les mots, les paroles parfois m'ont trompée, jamais les yeux. J'imagine qu'on se saluera poliment, un peu plus peut-être, on se dira que l'on n'a pas changé, on se dit toujours ce genre de choses-là. Puis, si la froideur s'installe, on parlera des enfants s'il en a eu et, après quelques évocations de tendres souvenirs, il promettra qu'un jour il me rappellera et que l'on déjeunera. On se donnera des rendez-vous pour ne pas les tenir. On aura envie de se voir, mais il sera trop tard, trop de choses avaient avancé sans nous. On sera tristes, encore plus tristes de cette vie qui ne connaît pas la marche arrière. On sera impuissants et l'on s'embrassera comme deux impuissants qui se sont aimés, qui pourraient encore s'aimer mais que la vie avait condamnés.

La vie d'avant empêche.

On ne parlera pas des tourments de l'absence.

La vie d'après bâillonne.

On se retrouve entre deux vies. L'une est finie, même si on ne va pas se l'avouer, pas tout de suite, l'autre est en marche, elle nous rattrape ou nous rattrapera quoi qu'il arrive.

Intermède.

J'arrive. Plus qu'une rue et je serai en bas de chez lui, je connais le chemin par cœur. Combien de fois, après qu'il m'eut écrit, ai-je emprunté cette petite rue qui ne débouche sur rien, dans l'espoir puéril d'une rencontre. Ensuite, j'ai eu honte de la grossièreté du subterfuge et je ne suis plus jamais revenue.

Il préférait venir chez moi. Jamais je n'ai imaginé qu'il pouvait cacher une femme dans son repaire de bandit, non, j'ai imaginé qu'avant moi il avait dû en faire « monter » quelques-unes, bien sûr, mais, et parce qu'il me respectait, j'avais droit à un traitement différent.

Je ralentissais le pas, je voulais prolonger cette impatience, savourer le délice de ces moments suspendus dans l'attente d'une rencontre. Je voulais vivre encore dans le rêve avant que la réalité ne nous rattrape. Vivre à la va-vite, à la sauvette, vivre en cachette, vivre à toute allure, rattraper ce que j'avais raté, était-ce répréhensible ? Si peu d'hommes m'avaient procuré cette émotion ! Je voulais être encore un peu impatiente, encore un peu « son amoureuse la plus mignonne du monde ».

Le chemin était plus long que je ne le pensais, j'eus le temps d'arranger mes idées, de réfléchir à ce que j'allais lui dire, pour dire le contraire. Tant pis pour le nez rougi par le froid et pour le souffle court, j'allais le retrouver : j'avais rendez-vous avec Jules.

Mon homme d'avant

Voilà, il est au bout de la rue, mon homme d'avant.

Juste un geste, la façon de passer la main dans ses cheveux, et je chavirais, je chavire.

Un geste et il endort le monde réel, il m'emporte dans son univers.

Jules était un magicien. Jusqu'où me laisserais-je emmener ?

« L'expérience » constituait-elle une sécurité suffisante ?

Il m'attendait en marchant le long du trottoir, l'homme d'avant.

Quand un homme m'a plu, je ne vois pas pourquoi il cesserait de me plaire, comme un roman aimé dont chaque relecture m'ouvre un horizon nouveau. Cet homme-là est grand, désordonné, malhabile dans ses gestes, sûr de lui pourtant. Les cheveux sont en bataille parce qu'il sort de son lit. Foncés, abondants, délavés par endroits, me semble-t-il. Il aurait blanchi, mon amour d'avant ? Le temps s'est chargé d'estomper la noirceur de la crinière « hispanique » décriée par ma grand-mère, pas sa silhouette. Il ne prenait pas grand soin de son allure, son pantalon beige est en accordéon, aujourd'hui encore il a un faux air d'Harrison Ford dans *Hollywood Homicide*. On imagine très bien un homme qui a cette dégaine, courant sur les toits des voitures.

Il marchait, les mains derrière le dos, comme ce jour dans le Midi où, pour la première fois, nous nous sommes rencontrés. Les gens lui faisaient la cour parce qu'il était chercheur et qu'ils aiment bien les chercheurs, les gens, même s'il s'était approché du remède miracle sans pour autant le découvrir. Beaucoup de vagues, pas de résultat, l'espoir demeure.

J'avais eu des pensées coquines en le voyant.

Il adorait que je lui raconte cette histoire. Il disait que lui aussi avait joué avec cette sorte de pensées. Il prétendait que je l'avais entraîné d'emblée dans un autre monde. Moi, il m'avait éveillée.

Quand il m'a vue à l'angle de la rue, il s'est arrêté de marcher. Il m'a laissée venir à lui sans bouger d'un pouce. Il souriait dans le vide, les bras croisés. Il a prononcé mon nom, doucement, comme un murmure, comme une caresse. Il disait pour se moquer de moi : « Indiana, c'est un prénom masculin, Indiana Jones, c'est un homme ! » Il n'avait pas lu George Sand, il ne lisait pas beaucoup de romans. Il allait au cinéma parfois le soir, souvent le dimanche après-midi.

J'ai marché vers lui, j'ai eu l'impression, sans jupe fluide ni talons aiguilles, de retrouver mes ailes. Toute ma féminité, qui avait été nourrie de ses regards, refaisait surface. Je marchais, le cœur battant, comme dans la chanson, et quand enfin je ne fus plus qu'à un mètre de lui, il a ouvert les bras et je m'y suis blottie.

Il a appuyé sa main contre mon dos et j'ai posé ma tête sur son épaule, puis il a refermé ses bras sur moi. Je ne voulais plus le perdre, je ne savais rien d'autre que cela.

Sa chaleur transperçait nos habits glacés de l'hiver. J'ai fermé les yeux dans le froid et la nuit qui tombait. Nos étreintes n'avaient nul besoin de l'attente ni de la rareté pour gagner en intensité, mais l'une et l'autre conjuguées rendaient ce moment presque insupportable tant il était fort. Fort, injuste et absurde que cette apothéose advienne au moment où la paix était presque retrouvée. C'était comme si la vie n'avait pas voulu que je m'habitue à ne plus le voir, la lettre était tombée quand enfin cette idée ne m'était plus impossible.

Il me serrait contre lui et je me sentais sombrer, je sentais mes maigres barrières s'effondrer, il n'y avait plus rien entre lui et moi. Pas de résistance. À peine posait-il la main sur moi que je me sentais nue. Les habits de l'hiver n'y changeaient rien. Avait-il deviné que j'étais en train de céder ? De fondre comme la banquise au soleil ? Jules, mon soleil ? Jules, mon homme d'avant et mon homme d'après, mon homme de toujours ?

Nous devions nous rencontrer sur une plage du Midi de la France, nous séparer à cause d'un malentendu, puis il devait sortir d'un chapeau un dimanche matin et me retrouver sur un trottoir quelques heures plus tard pour ne jamais plus me quitter, c'était cela notre destinée ? Indiana, tu oublies ? Laisse-moi oublier, laisse-moi l'aimer là, totalement, quelques secondes encore, juste quelques secondes. Il colle son nez au creux de mon cou, il est froid, son nez, un peu humide à l'extrémité. Je lui dis qu'il est froid, son museau, alors il colle ses lèvres sur ma bouche. Je ferme les yeux, elles sont brûlantes, ses lèvres. Il embrasse comme avant, aucun baiser ne se ressemble, il doit y avoir autant de manières d'embrasser qu'il y a d'hommes sur la terre. J'aime le baiser, particulièrement son baiser. Je lui disais souvent : « J'aime que tu m'embrasses », et je freinais ses élans pour qu'il m'embrasse plus longtemps.

Comme je guettais le mouvement de sa main, je ne m'abandonnais pas tout à fait. Tous les moments de magie comportent une part de deuil. La peur de la fin hante les contes de fées. Sa main est descendue le long de mon manteau, elle est restée un instant appuyée sur le bas de mon dos, là, à me malaxer un instant, là, entre les fossettes, « son sel et son poivre », comme il les appelait, puis la main s'est éloignée pour revenir attraper mon bras et m'entraîner vers le café en bas de chez lui.

Un café démodé, rien à voir avec tous ces cafés

décorés qui fleurissent aux quatre coins de Paris : « Viens. » Il tient ma main et m'entraîne. Quelques pas, main dans la main, dix ans après. Là, il désigne d'un geste un recoin « non-fumeurs » un peu éloigné des regards : « Ça te va ? »

Il parle doucement. Je vais où il veut, je ne sais d'ailleurs pas très bien où je vais.

Il m'a embrassée.

On s'est assis l'un en face de l'autre, de part et d'autre d'un guéridon prévu pour deux personnes. Le diamètre en était si petit que nos genoux, sous la table, auraient pu se toucher, mais ils ne se touchaient pas.

La gêne de notre premier rendez-vous n'existait pas, juste celle que cause l'étrangeté d'une situation dont la raison d'être est encore inavouée.

Nos yeux, comme des projecteurs, sont braqués sur nos visages. Nous avons l'air sérieux, malgré l'insistance de son regard (de ce regard qui rend les femmes jolies) et mon excès de sourire.

On vient de s'embrasser.

Nous sommes comme deux inconnus qui se rencontreraient pour la première fois et qui s'embrasseraient. Mais pas vraiment, parce que aucun embarras ne nous retient. Nous avançons en terrain déjà conquis, retrouvons nos droits, nos habitudes, comme deux anciens propriétaires qui visitent leur ancienne terre.

Pas de gêne.

Les vrais amants ne cessent jamais de l'être.

Il caresse mon visage, prononce les mots polis et convenus :

– Tu n'as pas changé.

J'ai dû changer autant que lui.

J'avais vu naître ses grosses rides sympathiques qui sillonnaient ses joues, mais je ne les avais pas vues s'épanouir. Elles racontaient sa vie sans moi, l'histoire de toutes ces femmes qu'il avait conquises et n'avait pas forcément aimées parce qu'il aimait conquérir.

Il a dit :

– C'est malin !

Je n'ai pu m'empêcher de rire, de me trahir, j'avais tellement pleuré, comment pouvais-je en rire ! Je sentais qu'il était ému, mais tout cela sur fond de légèreté, les déclarations, la grandiloquence ne lui seyaient guère. Pour imiter ses propos, j'ai dit : « C'est tellement idiot. »

Il a approuvé d'un signe de tête. J'avais le ventre serré, comme avant un examen. Quand on a tant attendu et imaginé un instant, forcément la réalité peut être décevante. Mais elle ne l'était pas. « Nous sommes des amoureux malchanceux. » Nous sommes ou nous étions des amoureux malchanceux ?

Comme je ne sais pas encore à quel temps « nous » conjuguer, je m'abstiens.

Nous sommes dans l'inconnu, il est probable qu'après avoir commandé deux chocolats chauds, il n'y ait pas d'après, juste une promesse de sc téléphoner, de déjeuner, et chacun retournerait chez soi.

Intermède d'un dimanche après-midi, début et fin.

Le serveur approche, Jules propose « deux chocolats chauds ». J'opine de la tête.

Ses yeux bleu marine sont brillants, mais cette fois je ne les décrypte pas très bien. Non, je ne sais pas s'il a vaincu l'ensorcellement. Si une partie de sa vie intérieure m'est encore accessible ou pas, s'il est passé dans une autre vie.

La frontière entre l'intime qu'il avait été et l'étranger qu'il était devenu était difficile à trouver.

Une chose était sûre : nous ne serions jamais des amis.

La passion n'est pas arrangeante.

Nous étions assis l'un en face de l'autre sans explication légitime. Seule la force d'attraction qui se lisait sur nos deux visages, sa concentration, trahissait le dessein. Avant qu'aucune discussion ne fût entamée, c'était évident, nous nous plaisions encore. Cette attirance-là n'avait pas tari. Nous n'étions venus à bout de rien.

Nous serons amants ou nous ne serons pas.

Je souriais et mon sourire me renvoya le sien, un rayonnement qui éclaira mon visage. Cette harmonie dans le secret, dans toutes ces choses enfouies que nous taisions l'un et l'autre, devait être incompréhensible pour les inconnus qui nous observaient. Tellement de choses à dire que, forcément, une conversation de dimanche après-midi dans un café ne pourrait en venir à bout. Forcément, nous partirions frustrés quoi que l'on se dise. Ne valait-il pas mieux se taire ? Dans quelle zone situer nos quelques mots ? À quelle distance de nous-mêmes ? Par quoi commencer ? Où en étions-nous dix ans auparavant ? Quelle était sa vie aujourd'hui ? Était-il marié ?

L'important était que personne n'ait abîmé le secret qui nous unissait.

Dieu nous doit du temps

La tête appuyée contre la paume de ma main, j'ai dit :

– J'ai l'impression d'être dans un rêve, j'ai l'impression de ne pas vivre quelque chose de réel.

Surprise moi-même de ne pas être embarrassée par la timidité, par les préambules, l'authenticité revenait.

La tête posée à son tour sur la paume de sa main, il a répondu :

– Il y a de ça.

Le manque et la souffrance éprouvés m'interdisaient de faire la coquette, je ne voulais pas l'induire en erreur même si je savais qu'il ne détestait ni le jeu ni la légèreté.

Le temps pressait, je ne pouvais m'offrir le luxe du marivaudage. Le temps m'obligeait à l'essentiel. Puis, j'avais suffisamment de choses à me reprocher pour ne pas m'entraîner loin de la réalité par un excès de minauderie.

Il disait que « j'avais l'art de susciter l'amour ».

On verra.

Je dis, sur le ton du reproche :

– C'est grâce à moi que nous sommes ici, c'est parce que je t'ai téléphoné.

Je dis ça parce que j'ai toujours eu le sentiment qu'il a eu moins besoin de moi que moi de lui.

Alors, il me regarde, le sourcil froncé, l'air de dire que j'exagère, que je suis de mauvaise foi, il rectifie :

– C'est grâce à moi. C'est parce que je t'ai partiellement pardonné...

– Partiellement ?

– Les moments perdus ne se rattrapent pas.

– Je n'ai pas ouvert la lettre à cause de toi.

– Comment ça ?

Puis soudain, le mot, l'horrible mot dont certains, sans imaginer le mal qu'ils me faisaient, l'affublaient me traverse l'esprit : « un coureur », Jules était un coureur de jupons, c'est ainsi que ses amis le qualifiaient.

– Tu n'étais pas un ange, dis-je...

Il a ri et a feint de ne pas comprendre. Il était trop tard pour être jalouse, pour les scènes et tout ce bazar, d'ailleurs, je ne l'étais plus.

– Je devais être naïve, en effet, je ne m'étais aperçue de rien, mais j'avais l'intuition. Tu sais, le genre de doute qui te vrille l'abdomen et t'empêche de dormir ; sans savoir, je savais. Je ne croyais pas en toi. Voilà pourquoi j'ai hésité : je me méfiais. Mais je ne suis pas venue pour te parler de ça.

Je souris pour montrer que je ne suis plus fâchée et que, si je l'ai été, c'est fini.

– Le contenu de la lettre est la preuve que tu avais tort.

– Tort de ne pas l'ouvrir, pas de te soupçonner.

– Un homme peut se métamorphoser par amour.

Les mains jointes près de mon visage, je lui ai dit :

– La vie m'avait, Dieu merci, un peu reprise jusqu'au moment où j'ai retrouvé la lettre. Le poids sur ma poitrine est revenu, tu m'as envahie. C'était lourd, ce poids, j'avais mal, j'ai eu peur que ça recommence, alors je t'ai appelé pour te parler, pour te rendre ce qui t'appartenait.

– Pour me le dire ou pour te libérer ?

– Un peu des deux.

– Tu es mariée, n'est-ce pas ? me demande-t-il tout à trac.

– Oui, et toi ?

– Oui.

– Tu t'es marié ! m'exclamé-je, incrédule.

J'avais cru le comprendre le soir de l'exposition, quand j'avais demandé de ses nouvelles à Arthur, son ami, puis, comme je craignais d'avoir compris, je l'avais empêché de me répondre.

– Pourquoi ce serait plus grave pour moi que pour toi ?

– C'est plus grave pour toi, évidemment !

– Je ne comprends pas cette discrimination. Mais, soit. Tu es heureuse ?

– Ça va, dis-je.

Là, je sens une barrière tomber, un sens interdit, je ne peux lui parler de Christian.

– Et toi ? dis-je, ça va ?

– Ça va.

Lui non plus n'a pas envie de parler de ce qu'il vit.

– Pourquoi ne m'as-tu jamais appelée ?

– Quand tu liras la lettre, tu comprendras.

Il m'a regardée, l'air soudain perdu.

– Qu'est-ce que tu voulais me dire...

– Des choses graves...

Et je ris, pour dédramatiser... je ris, un peu parce qu'il est impossible d'être grave et profonde d'emblée avec un homme que l'on n'a pas vu depuis dix ans. Il y a un décalage entre l'homme apprivoisé qui vivait au fond de moi et celui qui m'a échappé et qui est là, assis sur la banquette, à quelques centimètres.

– Puis, quand je suis avec toi, le manque n'existe plus... et je n'ai plus envie de parler de choses graves ni de te fredonner la complainte des femmes aimantes, non, je veux juste passer un moment agréable avec toi, même si j'ai été malheureuse à ne plus pouvoir prononcer ton prénom.

Que sont les mots, les gestes que je peux dire ou faire, par rapport aux rêves secrets, à cette incroyable rêverie amoureuse, à la liaison trouble et insistante que j'ai entretenue à son insu ? Peut-être ai-je tout construit toute seule ?

– Alors, tu as eu peur en me voyant de t'être trompée, d'en avoir aimé un autre ?

– Je te reconnais...

Il a joué à esquiver et, le sourire charmant aux lèvres, il a dit :

– Quand bien même je ferais ta connaissance aujourd'hui, tu me séduirais comme la première fois.

– Tu dois aimer mon type !

– Tu es inscrite dans mes gènes.

– Tu n'as jamais cessé de m'habiter.

J'avais la gorge serrée, j'étais remuée par la sincérité avec laquelle il me parlait, d'ordinaire il biaisait, ironisait, fuyait la grandiloquence.

– C'est intimidant de se dire ces choses.

– Parce que ce n'est plus d'actualité ?

– Parce que l'on a passé plus de temps à s'aimer seuls qu'ensemble.

– Tu m'aimes mieux quand je ne suis pas là ?

– Pendant toutes ces années et malgré ma vie qui a continué, aussi stupide que cela puisse te sembler, dans le silence, dans l'absence et la résignation, je n'ai jamais cessé de penser à toi ni de t'aimer. Tu m'as habitée, vois-tu.

Les larmes lui sont montées aux yeux, il a dit :

– « L'amoureuse la plus mignonne du monde », c'était toi ?

– J'espère.

Il a pris mes mains, il les a embrassées.
– Je t'ai tellement attendue...
– Moi aussi...
– C'est absurde.
– Oui.
– Je ne sais pas si je peux te pardonner...
– J'ai été si malheureuse...
Nous nous sommes rapprochés, il a glissé à mon oreille qu'il avait envie de m'embrasser tellement fort. Moi aussi. Je le voulais intensément.
– Tu ne me laisses à présent que le rôle de l'amant...
J'ai ri.
– Tu n'y avais pas pensé ?
– Non.
– Menteuse ! Je serais un amant idéal.
– Je n'en doute pas...
– Un amant attentionné, empressé mais pas trop, marié comme il se doit, qui a intérêt à se taire pour protéger le ménage de la femme qu'il aime.
– Et moi, tu m'imagines dans le rôle de la maîtresse idéale, mariée elle aussi, donc pas trop envahissante, qui a elle aussi intérêt à la discrétion ?
– Parfaitement ! Deux hommes pour toi, le rêve ! dit-il, sarcastique.
– Deux femmes seulement dans ta vie, tu t'assagis !
Il ne daigne pas répondre :
– On s'arrangera du mensonge, on deviendra des maîtres en dissimulation, on s'accommodera de petites tricheries, de ruses crasseuses, on deviendra les héros

d'une histoire banale à mourir, tout cela à cause de vous, Madame. On jouera dans une cour rétrécie alors que l'infini se déroulait devant nous. Entretenir des illusions, raconter des péripéties, cacher, frauder à tout bout de champ, voilà ce que vous nous offrez comme horizon.

– Je ne sais pas si je saurai.

– La fidélité conjugale est sûrement désirable. Tu dois le savoir, tu as été une épouse inaccessible je suppose, cela t'a rendue heureuse ?

– Cela ne te regarde pas.

– Qui résiste à un amour ?

– Nous. Nous avons résisté dix ans.

– Nous sommes les champions du monde de la résistance amoureuse !

– C'est difficile « d'aimer en dehors ».

– Ce sera compliqué pour toi, moi je m'arrangerai, dit-il avec la voix assurée de l'homme qui avait l'habitude de ces situations. Mais toi, je ne sais pas si tu es assez forte pour mener cette vie-là...

– Je ne suis plus capable de vivre avec un secret. Alors que je me demande si toi, tu ne t'es pas marié pour cultiver un secret.

Il sourit, il dit :

– Pas n'importe lequel.

Il me caresse le bout du nez.

– Nous serons condamnés au secret, à cause de toi... et nous mourrons et nos secrets seront emportés dans nos tombes. Voilà notre punition !

– Nous sommes mariés...

– Nous étions là avant... Dieu nous doit du temps... Il faut que les passions vivent.

– C'est mal...

– Dans le grand répertoire des fautes, à la page des obligations conjugales, un secret n'est pas tout à fait une faute ; c'est une faute de la vie, une coordination mauvaise.

– La faute de timing n'excuse pas tout.

– Encore faut-il que ce soit un amour et pas une curiosité, une envie passagère, une bagatelle...

– J'aurais aimé que tu ne sois qu'une bagatelle...

– Tiens donc !

Et nous avons ri.

– Je ne peux pas en être une ? dit-il sur le ton mi-profond, mi-léger qui, depuis le début, est le nôtre.

– Bagatelle, c'est un mot joli pour une chose laide !

Puis, le ton devenu soudain primesautier :

– Comme vous y allez, Madame ! Mais ne craignez rien de ce côté-là, les sentiments sont inextricables de notre relation. C'est même là le problème.

Depuis le début, ce mot me hantait : « le problème ». Bien sûr qu'il y en avait un, et voilà qu'il l'évoquait. J'attendais, le cœur serré, les larmes retenues, qu'il s'exprime, je le relançai d'un mouvement du menton, d'un air de dire : « Allez, tu es l'homme, c'est à toi que revient cette tâche de dire, allez, dénonce ! »

Il a pris ma main, l'a embrassée et, la tête baissée, sans me regarder, il a dit :

– Je ne sais pas si je pourrais te partager.

Un long silence s'est écoulé avant qu'il ajoute :

– J'ai tellement envie de te serrer contre moi, j'ai cru que j'allais devenir fou quand j'ai compris que tu ne répondrais pas. J'ai attendu ton appel si longtemps, je ne pourrais pas me contenter de deux heures par semaine.

– Toutes les nuits, avant de m'endormir, ma dernière pensée a été pour toi.

– Tu n'as jamais quitté ma vie.

– On s'est manqués.

– Puis on s'est retrouvés.

– Un peu tard.

– Je ne voudrais pas te perdre.

– On ne s'est jamais perdus.

– Je n'aime pas le virtuel.

– Je peux ouvrir la lettre ?

– On n'est plus très pressés.

– Quelle heure est-il ?

– Neuf heures, à peine.

– Neuf heures, déjà !

– Tu vois comment tu es.

– Il faut que je rentre chez moi.

– Ce sera la rengaine...

Il n'était pas question que je ne rentre pas chez moi.

Il a souri et, sans me tromper, j'ai pu lire la tristesse dans son regard.

– C'est déjà fini ?

– On ne pourra jamais employer ce mot.

– Tu es venue un dimanche comme dans un rêve. Il est probable que, dans quelques secondes, je vais me réveiller et tu ne seras plus là.

Alors il avança la main vers moi, me caressa la nuque et colla mon visage contre le sien.

– C'est moi, dis-je.

– Les yeux fermés, je t'aurais reconnue.

Les larmes me montèrent aux yeux, mais je résistai. Je ne me laissai pas emporter par le torrent. Je le repoussai un peu. Il était tard – dans ma vie aussi.

– Je te raccompagne.

– Non, j'ai besoin de marcher...

– Un jour, peut-être, tes pas te conduiront chez moi...

– En bas de chez toi...

– On ne sait jamais.

Il s'est levé, il m'a aidée à enfiler mon manteau, il a boutonné mon col, l'a remonté, a entouré mon écharpe trois fois autour de mon cou comme si j'étais une enfant. « Tu n'as pas de bonnet ? », « Tu vas avoir froid aux oreilles, tu veux que je monte t'en chercher un ? » Il m'a serrée contre lui, sans m'embrasser. Il a glissé à mon oreille : « Au revoir, l'amoureuse la plus mignonne du monde, n'oublie pas ton panier... Allez, prends ton panier, non, ne te retourne pas, allez, va ! »

Adieu dimanche

Sur le chemin du retour, Christian m'a appelée. Avec lui au téléphone, c'était comme si nous marchions ensemble. Le chemin m'a semblé plus court.

Il faisait nuit. Quelque chose en moi avait changé. L'obscurité n'y était pour rien. J'étais plus légère, j'avais retrouvé le pas insouciant de la jeune fille d'autrefois.

Je m'étais libérée d'un secret. J'avais osé dire à un homme que, pendant toutes ces années, je l'avais aimé. Ce n'était pas rien, ce n'était pas vain, puisque maintenant, il le savait.

J'accélérai le pas, je saluai en passant l'épicier marocain, j'avais envie d'embrasser ma fille avant qu'elle s'endorme et de retrouver Christian :

– Tu as passé un bon dimanche, sans moi ?

– J'ai mis de l'ordre dans mes affaires.

– De l'ordre ? Ton placard est sens dessus dessous !

– Je n'ai pas fini, j'ai trié avant de ranger.

– Ça va ?

– Demain, on sera lundi.

– Qu'est-ce que ça veut dire ? Et après-demain, on sera mardi, tant que tu y es.

– Dimanche sera fini.

– Et dimanche recommencera dans six jours !

– Non, ce ne sera plus jamais le même dimanche.

– Je ne comprends rien à ton charabia, il est temps que tu rentres...

– Si on se couchait tôt ?

Tout ce que je n'ai pas dit à mon mari me gêne, mis à part cet intermède.

Le passé ne débordait plus sur le présent.

Je marchais, le pas léger, malgré le froid. La lune et quelques lampadaires suffisaient à éclairer mon chemin.

Ma rue se profilait à l'horizon.

J'avais rendu au passé ce qui lui appartenait.

DU MÊME AUTEUR

Aux Éditions Albin Michel

LE COLLECTIONNEUR, 1993.

L'ÂME SŒUR, 1998.

L'ATTENTE, 1999.

J'ÉTAIS L'ORIGINE DU MONDE, 2000.

FRINGUES, 2002.

LE SILENCE DES HOMMES, 2003.

Chez d'autres éditeurs

LES PETITES FILLES NE MEURENT JAMAIS (sous le nom de Christine Rheims), éd. Jean-Claude Lattès, 1986.

LE FIL DE SOI, éd. Olivier Orban, 1988.

UNE ANNÉE AMOUREUSE DE VIRGINIA WOOLF (sous le nom de Christine Duhon), éd. Olivier Orban, 1990.

LA FEMME ADULTÈRE, éd. Flammarion, 1991.

UNE FOLIE AMOUREUSE (en collaboration avec Olivier Orban), éd. Grasset, 1997.

UNGARO, éd. Assouline, 1999.

Composition I.G.S. - CP à l'Isle-d'Espagnac
et impression Bussière Camedan Imprimeries
en février 2004.
N° d'édition : 22269. – N° d'impression : 040635/4.
Dépôt légal : mars 2004.
Imprimé en France.